あなたのつごう、あなたのはんだん、
あなたの、滲む血のかたちは、

ぜんぶ、その身体に、とじこめてあると
博士は言った
きっと誰にも褒められなくてよい
そのちいさく何よりも華やかな拍手のために、
ひとはふっくらと一人である

現代詩文庫 253

思潮社

杉本真維子詩集・目次

詩集〈点火期〉全篇

詩集〈袖口の動物〉全篇

〈未刊詩篇Ⅱ〉

装幀原案・菊地信義

詩篇

詩集〈点火期〉全篇

百年

しずくの先を
しぼると
引き攣ってくる胸の
芯から
おもいだす

この風は
だれだったろう
澄みきった翌日は
だれかが
息切れのまま風になる
バス停が一本
枯れ木のように
ゆれて

テレビの灯りと
ひくい話声が
漏れてくる部屋で
枕の下には
ふかい
夜の海があった
細いくだで
ふるえている
ひとは泣くことも
できる

わたしたちの雨は
あがる
忘れないように
肌をくるんだ
樹皮がすこしずつ
ほどける

＊

朱色に熟れるランドセル

手を横に伸ばして
硬い葉にふれながら帰る
一枚ちぎって
なにか不思議なことが
起こればいいのにと
小さな賭けをする

鳥ヨ、トベ、
石ヨ、ウゴケ、

空が暗くなりはじめると
一人ずつ
帰っていった
うそつきと罵る
信じない目が期待する

睫毛を高く上げ
触れている熱のことは
誰も
言わない

荒野のような
グラウンドを走る
とおくでは
焼却炉の口から
ほそい火がながれていた
「おかえり」とドアを開ける
母の顔に一瞬
驚いたこと
そのわけを伝えられないまま
背を向けて手を洗う

声

のどを張って
わたしを鳴らす
音楽に
ならなくても

ぬるい舌が絡みとる前の
一瞬のふくらみは
箱にいれる
時々誰かがそっと持ち帰り
気づくとテーブルの上を
鳩や花でいっぱいにする
ふしぎな手に
　みとれている

はばたいた
声
やさしい手品師の座ったいすは
いつまでも
　あたたかく

黒い
群れが
一斉に飛び立つと
背中だけの人がいる
そのなつかしい名前を
呼ぶほどに
みしらぬ壁に
なっていった

息を
とめても

遠いのどの底で
点滅する光の
声がある

点火期

沸騰する舌がうらがえるのを
阻止しようと冷えていく
歯があった
濃度はあがって、

瞼の裏で揺りかごが
前へ後ろへ
大きく揺れる
髪をひっぱられた放課後は
マッチ箱をなんども
耳元で鳴らして
教室の一番後ろの席で
それを待った

来ただろうか
いまだに
古い倉庫の夢ばかり見て
泣いている
教室を
燃やしてきたばかりの
ふるえるひざが
打ち上げた

あかくて
まるい

わたしの頭
永遠に来ない
垂直に降る

発色

少年の
垢まみれの刃は
柄の部分だけがずっしりと重く

怒りのようにみえる

わたしの
一本のしらがは
とおい物語を聴くように
うっすらと黒みを帯びて
ひだりまわりに裂けてゆく胸の
ちゅうしんに赤い
鳥の足がとまる
ねんどを切るように歯茎がぬれる
ひと殺し
とは誰のことをいうのか
言葉で
なぐりつける瞬間は
ひとが割れる
飛沫すら見えている

制服とゆうひ

Fuck'n Rock'n'Roll men.
You're a liar, and so gently,
But only for three minutes.

と歌う同級生の目がひかっていたことを
切り出そうと
して
はいれない
友だちの横顔に気づく

夕暮れの
よわい風が
前髪をゆらして
きょうもおもい耳に
ヘッドフォンをあてる
制服はすっかりくたびれて
鼻を押しつけるといつも

雨のにおいがした

家

正月は
しらない話題と
笑い声と
ジャンパーのこすれる音で
わたしの家は変わる

あがりこむ空気で
シャツの裾がゆれた
おとなのはなしの
そとがわで眉間はぼんやり
ちゅうづりになる

わたし友達んち行ってくるよ
ふしぎだねきょうは
どの家のベルも押せない
まるさん、かわさん、まさこちゃあん、
みんなあ
ちがう家のお
ひとなんだね

＊

28番目の、

闇が燃えていた。初めてだった。私は折り重ねられた細くて長い一枚の紙を広げてみた。それは一瞬アコーディオンをおもわせた。吸いつくような音色が耳の後ろを横切った。紙にはまだらに染みがついていた。１９９３年の私の肩甲骨から左右に生えていた何か。それは決して羽ではなかった。時として背中から眉間を一直線に貫くはげしい痛みでもあったのだが。空が必死に隠しているもの、それを誰よりも早く暴いてやろうというひそかな野望とともに飛び立った夜が乾いていた。褪せた染みは許すという意味か。感傷とは虚栄であることに気づかない22番目の折り目。そこに挿まれた青い花を見つけた。その花びらから透かして見た月も燃えていた。悲しみの心の一点でいつも何かが小さく燃えているように。火は青い花に移った。23番目の折り目だった。私の、燃えやすき耳の思い出。揺れがたき目の思い出。花びらからうっすらと浮かびあがる影は読もうとすればするほど文字になっていった。肌に塗り薬がしみ入るように、私の耳はじっとりと聴いていた。1997年のこの唇から突如として消えた言葉の。目と耳がかたい蕾だから。背後で荒々しく咲き乱れるベゴニアに嫉妬していた私の。その理由は押しよせる波にはなかった。てのひらに滲む汗が雪だった頃を想った。いつかすべてが水に還るだろう。私も。あなたも。そしてすこしの花びらだけが残った。27番目の折り目。これが最後の折り目だった。燃える花の匂いは決別でしかない。火は最後の花びらにさしかかった。全てが燃え尽きた。それは、灰だった。塵だった。捨てた。捨てるしかなかった。次の折り目はなかった。まだ、なかった。ないものが比喩のように、私に触れるのを感じた。唇は、まだ開かれない。でもそのとき私の目と耳はもう、蕾ではなかった。

甘い芽

甘い芽が、はえた
指先がしめる
地平のつづきが割れてくる
ほそい悲鳴がけばだって
また
おなじ匂いが
鎖骨から蒸れあがる

おはようございます
右足を浮かせ
とおい電源へ
からだをのばすと
男の
まだ冷たい、朝の袖口は
とてもいい
匂いがする
まるで水中の
ジェスチュア
すこし
離れて
壁際でキーボードを叩く
不自由な着ぐるみの
指は
だんだん太くなる

蛍光灯を
悪口のように浴びて
剥き出しの背骨を
笑われる
わたしは
きっと間違える
もう
船が心臓を
むかえにくる

魂ではない

たばこを吸う祖母の吐く煙のなかは
空洞になっていて
ものを投げるとスコーンと落ちる
いつか
海を渡り
窓際に凭れ
私たちは
まるでさみしい二本の線だった

こらえても染みてくる
余白のうえ

向き合ったまま
だまって
オレンジの皮を剝いて

目をそらせば
いつも夕焼けがあった
横顔にも
語るべきわずかな口はある
いま、祖母の耳をふさげ
耳のなかを飛ぶ一匹の蛾が
見たこともない燐粉を
降らすまで

ビニール袋が
あんなにも高くあがって
引き上げた窓から
逃げていった白い
煙
あれは

魂ではない

朝の会社

沈黙の
エレベーターのなかで
浅く　ひくく
息をして
点灯するランプを見つめている

引きあげられていく
からだの奥で
そっと、剝がれるもの
みな顔をあげ

動かない目の裏側で蒸している
まっくらな息を
覗くと
生焼けの肉をめくるように
見てはいけない、
祈りがみえる

ドアが開き
滲んだからだは歩くほど
線を濃くして
流れでる星くずのような
ふくらみを
かたい皮膚でおおうと
小さな胸騒ぎもいっしょに
朝の空気できりり締めあげ

それでもまだ少し
気になると言って

安田さんはブラシで
スーツの胸板を撫でつけている
霧深い
朝のフロアには
水あめのように光る
腕が
何本も突きあがっている

あな

四谷四丁目、サンミュージックビルの前を友達と通った。
ねえここでしょ?
そうここここ。
ここで自殺したんだよね。
そうここで自殺したんだよ。
たしか頭はこの辺りで、足はこっち向きだったよね。
うん、あの週刊誌で見たよ。
こんな感じ、だったよね。

そう…いやでもちょっと違う、腕はたしか上げてたって。
え、じゃあこう？　あ、ちょっと待って、
こうだ、で、顔はこうやって右を下にしてたんだよ。
わたしは、
黒いマジックを取り出してそのまわりを囲んだ。
できた？
できたよ。

そうだよね、ここだよね、
ここでこんなふうに死んでたんだよね。
友達は返事をしなかった。
そしてそのまま、二度と起き上がらなかった。

＊文庫のレイアウトに合わせ、改行を若干調整している。

あとすこし

薄暗い、映画館の廊下
劇場へとつづく
短い階段で
少しだけ話した
その次は
マンションの1階のレストランで
だれかと話している最中に
立ちあがって
わたしを呼ぶ
彼とは
ついでのような所でしか
会ったことはない
いつもわたしのほうが
少しだけ先に気づいて
気づかれたくて
のどの入り口に声が
溜まってくる

「おーい、こっちこっち！
また会ったね、あれからさあ…

あなたの
まぶたのへりが
不思議な光を帯びると
なにかの合図のように
わたしの足は
見えない線の外側にさがる
もしも人が
海に沈んでいくとしたら
きっとあんな目をするのだろうと
おもうのに
力づくでも
ひき止めたいとおもうのに
わたしは
知っているのだ
あなたなどどこにもいないことを

丘のうえで

じゃあおれのためになにが
できるのかと
のら犬のように
追い払われ

信号を待つあいだ
丘のうえに立つ
ゆっくりと胸をひろげ
舌打ちのように言い捨てて
みた
とたん

おそろしいものが
血を抜いて走った
砂あらしが
空中で凍るのが見えた
骨のように残った

わたしの心は
あなたがじゃまだといっていた

濃い色の
車が
何台も横を過ぎる
顔をあげて
もう一度
この丘のうえに立つ

ひまわり

電車がせまると
指は
わずかな壁の窪みさえ頼り
一瞬の隙も
ゆるすなまたひまわりが顔を
押しつけてくる

あははねえっわたしたち地につけた耳で
ふくれあがるリズムのその先を
聴いているのよ

この青い炎に指を
入れてみてください
ほんとうに熱くありませんから
ねえやってみてやってってほらいいから
殺れや！

わたしは
ドンドンと二回
床を鳴らす
だれもが
処刑台にあがるみたいに
首を垂れて乗車する
背後でひまわりが
一斉に

起きあがる

明け方の耳から

耳は
夜の水分を放って
明け方に少しだけひらく。
クモになっていつもそばにいる
という
不思議な声を
ひろう。

わたしは
ゆめを見るように
裏庭へクモを探しにいく。
ごつごつした岩をずらすと
一匹のクモが、いた。

指先で、おそるおそる突ついて
指のはらでさわっても
あなたはなにも
言ってはくれない。

あなたから届いた手紙には
文字が書かれていなかった。
小さなイラストが
便箋いっぱいに
なんどもなんども複写されているだけ!

ああことばがない
ことばがない
と
なげくおまえの顔を映せよ
生きているからって
それがどうした

ミシン線

西日で黄ばんだ
夕ぐれに
膨張したあたまを起こし
食卓に歯みがき粉
ちゃいろい輪ゴムが
虫のように
はねる

残りの視界に
顔をねじ入れてなおも生きようとする
赤い肉にも
ミシン線は、入っていく、わたしは、
眼の色が反転した人形の
両脇を持って
高く高く飛ばしている白い腕に
あいたい
鍋の中で今だけは狂う

煮えたぎる湯よ
そのままいっきに
水から
離れよ

緑色の川――Kに

とろとろと
ねがえりのような
波紋をかさね
緑色の川を
あるく

途中で

あなたの顔が
あおむけに沈んでいった
しろく　色のない

顔で

死んでゆくひとを
ゆする手も間に合わず
頬はあからみ
もう
始まっていた

ねえ、わたしたちみな
浅く浸した半身のゆるさ
藻にまかれ、どこまでも繋がれ、
緑色した
一本の川

土よりもふかく

黒いばねを
みぞおちで持ち上げて

つよく
名前を呼んだ

その人は一瞬
ねむりから覚めたような
顔をして
とおくからやってきた
ような声は
少しずつ
少しずつ
輪郭をぬらして
急に
おかしな
冗談を言うから
おもわず笑いながら
その肩へ手をのばし

わずかなくぼみも
傷もない

真新しい肩に
わたしははじめて
他人を知った

藍色の家

ぬかるみで足の裏を柔らかくして
道にからまるようにして
歩いた。行列は、

刃物のように滑る。
捲りあげた霞が
はしたなく身をひらくのを
暗い水筒のなかで
ぬるい水がじっと
耐えている。

進むために
歩いているのではなかったか

ある時、藍色の家の群落を見た
山肌を食い尽くすように
反り返る藍色の外壁が
どこまでもどこまでも
続いていた
それは胸を張って出て行った
あの日の弟の胸板だったのか
夢の地平を翻り
反転した異物の痛みに
なだれこむ
もの

本当は思っていた
見えなくなるほど明るくてもいいと

みしらぬ蛇口に口をつけ
腫れあがる最後の朝を
飲みほして
わたしは
ながい川のため息になる

＊

あとがき

「言ったことは本当になる」私は子供の頃からどういうわけかそう信じて怯えていた。だからつい望んでもないことを口にしてしまった時など、お腹が痛くなって、窓を開けて「今のはうそです。うそです。」と唱えていた。とにかく恐ろしかったのだ。そのせいで、今ではそういった「望まないこと」というのは封印されたかのように口を出ない。唱えた記憶が遠いということはきっともう何十年も。もちろん頭を過ぎることはあるけれど。

そんなことに最近気付いた。そして今でもやっぱりどこかで怯えている。黒い飴玉が一粒、底のほうに沈んでいて溶けない。けれど、このままで行ってみようと思った。見えない未来の奥行は、たぶん自分が目の前にどんな言葉を置くかによって決まる。少なくとも私の場合は。だからせめて望まない言葉は置かない。それだけで足場の悪いこの道も、少しだけ歩きやすくなるような気がするのだ。

＊

この詩集を編むにあたって、大変多くの方にお世話になりました。取り乱してばかりいる私にその都度お付き合いくださった思潮社編集部の方々、新人欄のときからお世話になっている選者の方々、また、準備期間中、私の拙い質問にも答え、励ましてくださったすべての方と、数少ない友人、両親に、心よりお礼申しあげます。

（『点火期』二〇〇三年思潮社刊）

詩集〈袖口の動物〉全篇

光の塔

わたしは誰かのために
洗われるからだを持つ
ひたいに緑色のマジックで
数字を書きこまれ
ころされるための順番を待っていた
にんげんは言葉を持たない
ただ迷いのないうでがわたしにのしかかり
すばやく脚を折り、痙攣が待たれる
水を掃く音、尻を冷やすコンクリート、
霧のなかで
空高く衣類だけが積み上げられていたことも
覚えている
（眩しい塔を見たのだ
光は波のように寄せ
あの塔がなんども現れてくる
そこは
様々な体温が甘く蒸れ
いつかだれかの暗い舌に溶けたが
指先を切ったあなたの顔のまえで
血のように出会う

笑う

白蛇のように流れた
くらやみの包帯について
かち鳴らす銀色の篦《へら》のような
うすく、清潔な悪いこころ
乱されるように均されて
手首からひらたく黙る
そのまま、いまは誰もなにも

わたしに映りこむな
雨のしずくに閉じ込めた
逆さの文字だけを読みすすみ
いつか、出口のように割れてみせる
破片は朝のひかりに
なぜにんげんのくずのように掃かれるか
黒い背がいっしんに屈み
ばらばらの顔を丁寧に並べていくと笑う

ジュウジキリ

テーブルでむかいあう
わたしたちの秘密が
翼を持たぬ、ように
鳥をたべている
真横にぬぐう
閉じた歯のすきま
まっしろな産毛がまだ
飛び立とうとくるう

（だから
　喋ってはならない

男はソファに凭れ
意味のわからない歌をうたいはじめた
わたしはからだをゆらして
皿を洗っている
排水口は
いつも忘れた頃にごおおおうと鳴り

すべてがもとに
戻される
透明なけものが向こう側へ逃げ
男はうつむいて狩りへ
わたしは
意味のわかる鳴き声を
食器棚に飾る

坊主

夜は、隠すものがあるから暗い

（あのにんげん草の
　つややかな緑色がうるさい

そっと抜け出し
訪ねあるく
どの門出も
あらかじめ祝われていて

門松を盗みあるき
呪われた
わたしに
撒かれる塩の味が
ざりざりと、かがやく赤身になればよい

いつか
土のうえを掃いた

湿る穂先が、しだいに玉のようにおもくなり
いらいらと歯のうらがわがふくらむ
カア、と鳴かれ
うつむいた

曇り空は
誰のものでもない声にとてもよく似て

死にたくもないのに
両手は献上する
わたしの、この頭が
灰色であるように
あなたの指には掛かるか

身頃

前身頃が、ずれているんだ
どこからか老婆が
甘い縫製を咎め

子を奪う
この手から（いつからか
まっしろな御包みを
実のように剝く

たん、とん、たん、
と
男たちの
餅をつく音もあって
障子に透ける耳から
だんだんと陽をあびていった
雨あがりの
祝日の朝はいそがしい
汗ばんだ胸は
土間の柱にひっそりと吸わせ
左右の手を間違えぬよう
ミシンで両端を
丁寧に縫いつけていった

かたん、ことん、とん……
針は、やわらかな指先をねらい
路面をうつ、雨は
色のない線香花火をかがやかせ
きっと、言いたいことは、言わなくてよい
言いたくないことを
抉じ開けるように書くのだ
うっすらとひらく
後ろ身頃が
ひかひかとうなじを嚙む

皿

いのちの順番を数えると
青ざめるように
股下の皿は渇いた
きっとかなしませる者がいるから
（ひとは）かなしくても生きていかれる

まだ、
言葉も知らぬ唇をねがい
まっさきに乳頭を差し入れて
母よ　あなたが
ほんとうに注ぎいれていたものはなにか

袖口の動物

手暗がりの
よわよわしい視野の中にしか棲まない
動物を、連れてかえり

水をのませる
食事を与え
数日後とうとう、名前をつけた
母になるのに覚悟などいらぬと
耳打ちする
きもちのわるい愛情だけで育ったが

動物を手放すと家が消えた
（泣いてもおそいと耳が割れる

春になれば
瓦礫の土をわける
ほつれた袖口に運ばれて
「勝手に、
　勝手に、あいされたから
　もう土しか舐めるものがないんだ。」
ときに文字を真似
あなたが誤読するように
それだけのために生きている
動物になる

他人の手鏡

その女が電話をとってかがむと
なぜかわたしの、赤鉛筆が落ちる

机の下で、合わない視線が
ゆっくりと窓の外を赤くしていく

夕日だった、
まざらない血のあいだで
煮え立つ新鮮ないのちが
わらい、おこり、歩行し
ひととして生きていること
シーッと動かない静寂がしかれ
もうすこし他人で
永遠に他人のまま
わたしはなにかに
操られていたいのだ

　あ、その白い手袋――
　イナイイナイバアと顔を隠した
　両手のすきまから
　夥しい他人がこぼれ落ちていく

盗み見るほどにひかりの
検診は過ぎて
あなたは手鏡をたたむように
小さな電話をたたむ

航空写真

切花をだいて走ってきた
水を、水をください
山間をアスファルトがくねりのぼる
急なカーブで
斜め後ろへ倒れるようにふりむいた
女につづいて

一ページを開く
目が合ったのは偶然ではなく
わたしが、追っていたから
カーブの前後では

いつも互いは逆走していて
だんだん二本線に滲んでいくわたしたち
なんという残酷な
航空写真か

そのとき、
突然、本は閉じられた
(切花はどうする
　わたし、まだ、死んでほしくない

夜の湖畔にしゃがみこみ
すでに反逆にふるえる指で
首をもたげ、茎先を水中に差し入れていく
もういいの、もういい、
女はふいに切花をうばい、胸に抱きしめ、
もう二度と離れない

或る(声)の外出

いくつかのリズムの内壁に、跳びかかるべき距離を測っ
　ている
ぼくらにはまだ脱色のように少しいたい
がむらんの響きを合図に
横になったまま暴れている星型の叫びをつなぎ、
(シュッ

「ならぶ花火の、あつめられた手のひらを言え」

円陣をくんで、汗ばんだ空をまさぐる
うす暗いへやの奥では
猿がむきあってトランプを混ぜている

与えられたすきまのための身長ならたたむ
背丈ほどに髪ものばし
くの字に折って遊ばれる
人形のように

あるひいとこにさらわれて失くされた
あのひと、ぼくらの、最初の声は
かたかたと庭先を出ていく
改札で白い杖に絡まり
無言の人形がひとを泣かせてもすすむ

＊一行目とカギカッコ内は「詩のリレー」における前ランナー・森悠紀からの引用。

果て

しばられたむく犬のあたまをうつ
ゴルフクラブが折れるまで
まっくろなかなしい目は
いつまでもそこに
異臭のように消えない

朝になって緑はぬれて
いままでなんのために
やさしい目で
ひとのかおをなめた

しばりあげたY原のあたまをうつ、ゴルフクラブが折れるまで、まっくろなかなしい目は、いつまでもそこに、異臭のように消えない、朝になって緑はぬれて、いままでなんのために　……なんのために　………生きてきたんだっけ

ぬああああ

生き返って、
とぶ
いぬが
もういちどしぬ。

＊実在の事件をもとにしている。

かかとの厚み

毎朝、あの場所に立っている
ひとりの警備員が
命がけに見えるのは

こちらの
思いあがりなのだ
車道へ飛びこみ
差しだした掌の先に
ひとりぶんの歩道がうまれる
さあどうぞ、
微笑みと
かすかな息のみだれに
つりあうようなものを持たない
わたしには
ほほえみがたりない
(だから誰からも、まもられはしない

けれど、あるとき
渡りきったところで
しずかに目を踵のほうへ沈めていくと
ほんの少しだけ、厚くなっていた

振り返ると
うしろはそっけない国道が
流れていて

両手をあげて駆けていく
あのひとりの警備員が
命がけに見える

真夏のゆき

明けるのか明けぬのか
この宵闇に
だれがいったいわたしを起こした
清水昶「夏のほとりで」

いい詩集を見つけました
そういって鞄から
真新しい詩集を取り出すと
鍔びろの帽子につつまれた顔が
ようやくとどいた月光のように
ほのかに光るのがみえた

朗読してみて
そういってかたく目を瞑り
ちゃいろいカウンターに両肘をついて
「せむしのようにまるくなっている男」
窓の外は
夏だというのに
しんしんと雪が降り出すようで
見下ろすとあかぎれた手の子どもたちが
あごをあげ
ボールを取ってくれとせがんでいる

では、読みます
満員電車ほどに肩をならべ
さらにまるくなっている男の帽子のなかへ
声をいれるように
わたしは読んだ

聞いていますか？
うん
聞いていますか？
うん

いつのまにか
窓の下の子どもたちはいなくなっていた

右肩に触れる肩が
力の抜けたようにするりと
ちいさく傾いで

聞いていますか？

なにげなく
近づけた身が正面へねじれ
ひとすじの絶叫のなか
窓は揺らされた

（だれがいったいあなたを起こせるか

貨物

知らない女に、喉の皮を鋏の先でちょっと切られた
血はあまり出なかったが、ふと友情のようなものに気づ
いた
女も同じ目をしてこちらを見ていたが
その足元はもう海底のようにそよいでいた

（コンコン、
言いたいことは山ほどありました

（コンコン、
さよならだけは絶対に言いません

列車は真っ暗なトンネルを滑り
歓声のなかで
褐色の腕だけがわらわらと振り上がる

また、会えるだろうか
ガラス越しに足を組み
煙草をふかしていた女の意地悪なショートカット
ソーダ水ばかり飲んで
あわのように消えたがる歳じゃないだろと
隣席の男がぶ厚い手で肩をたたく

ある冬

あなたはときどき
わたしの爪を切った
一本一本、人のゆびでつままれていく
見慣れない
ゆびが

ごつごつした手のひらに、並んでいた
しんとした工場の
ショベルカーはどれも立ったまま死んでいて
薪ストーブの火はごうごうと
耳底に、ふり積もり、

あなたの
温まった刃の上に
指先を入れる
小さな手術のように
銀色の皿が、ぎりぎりと
光っていた

ああほんとうはわたしたち
ころしあっていたのではないか
あのとき
轢ききれなかった半分の
片腕ももう、捨てる

毟り声

声の抑揚を毟ると
荒れたものが鎮まる
毛羽立った人影がつぎつぎと倒れ
寒々と残るだれにも、捧げないこえにあう

棒でつつく
ひからびたとぐろ
地上で膝こぞうは、輪になってまわり

青年のような鳥の声が
とどめのように
世界を整頓する

（すみずみまでわたせよ、呼吸も、うわずった声も、
波打ったものすべて

かたくとじて
葉脈のうらを滑りおりた
曇天を覆うサイレンが
あなたの屋根にも散ったが
一度もだかなかった
同音はもう、ひとではない

あかるいうなじ

爪を切る音が
まるく

うるんでいる午後、

ベランダで
物干し竿を拭く
陽の射したあかるい、うなじが、
うごくのを見ていた

それはまるで
水槽を眺めるように
わたしを、吸いこんでいった
そのむごんの
素足のようなうごきに
心を、踏んでほしいとさえおもった
けれど間違い
なかったのだ

わたしを、
捨てるのはあれ、
わたしを、

捨てるのはあのうなじ

いのち

飴は噛んではだめ
ゆっくりと溶かしなさいと

そんな、声がする
ふいにかかとに落ちてきた一滴の
ように

わたしは、口のなかに
刃物があったことにきづく
まるく透きとおった、ちいさな固まりが
からころとあかるく
陽だまりのように鳴っていても

突然、歯で潰す

からっぽの一瞬がある
そんなふうにひとは
死をえらぶことがあるのだろう

ゆっくりと溶かしなさい。
そのうそだけがわたしを生かす
おまえの
飴玉は溶けない
たとえ焼かれても
黒こげの口を粉々にこじ開けて去る

釘の子

息をしないと
後退できる気がして
釘のような裸体が
ふるふると抗っている
そっと瞼をこすりあわせて

鎖骨からの距離をはかり
おぼれるにおいと
どちらの涙かもわからない水色の
乾いたペンキが
たぶんこの世でいちばんほしかった

指先で割れるみずうみ
粉薬のように喉にはりついて
ここは、あなたの町、ここは、
誰よりもはやく生まれて
周囲を×で埋めたかったはずだ
だからいまだ、半身の盾は
するどくひかるのか
（妊婦の唇に
　黄色い花を挿しておく

平行の臨終、その顔色を吸い
釘の子が、表面が剥げたつるつるの子が
大切な地図をぬらそうとする

やさしいか

このひともいずれ死ぬのだから、と
ゆがんだまぶた、かすかにひきつった右頬に
知られぬように息をふきかけている

一メートルのへだたりが
わたしを
やさしく見せていた
焚き火のなかの
木のように
のけぞって崩れていく怒りのようなものよ
許すことは
どこかで半分
あなたをころしているから

だから
ゆるしてはいけない
しんぞうをたかく

ひきしめて
むねのなかに
枝のようなものを一本
水平につくる
そこから
上半身をつきだして
テーブルに両手をついて
自分をも壊す言葉を選べれば

わたしは
やさしいか

ねえ耳かして、
死んで二度と生まれてくるな

世界

しずかないきものに囲まれている
伸びをしたり、身をすりよせたり
からだをやわらかく折りたたんでいる

わたしは一羽の
青いつるを折って
深夜のテーブルに置いていく

ドアを閉めると
きゅうに胸が騒ぎはじめた
きっと、
笑ったり、おこったり、
身体をぱたぱたと揺らしているんだろう

つるは
無数の傷跡を残し
カーテンが何枚も

風にゆれて
一枚の青い紙だけが
おぼえている

(『袖口の動物』二〇〇七年思潮社刊)

詩集〈裾花〉全篇

川原

通路、が塞がれ、身長ほどにしか、心がない、日のなかで恐怖の種がわれる。蛍光灯で焼けしなないか、ソファで溺れないか、窓で迷わないか、
わたしは、だれなのか

*

存在しない、ハンモックの
午睡でもいい。生まれた時刻までもどって
擦れる頭皮の、その熱の、
さいしょの突進を握って
(光について
尋ねられた)

それは、一本の壜の中
光る傷口が、川上から、流れてきた
むかし、それを、竿で突いた
川原にさらして眺めると
石のほうがもっと眩しく
「くやしさのなかでしか生きることができない。」

一枚のひと、ひとりの肉、と、
硬貨のように数えている
ひたいの奥の整列が
炭火を燻らせ
闇のうらがわを舐めていく
　穴あきの薄紙をかぶる、いやらしい文字、
　から生まれてきた
（犀川の木屑にまだ、礫の痕がある）

狂い栗

黴は赤く、てんてんとはびこり
誰にも知られず、患う欠片を
温める手がまだ、ない
するりと抜け、逃げ出したそれは
いやいやをする首もなく
キュウという声を漏らしたので
浴室で抱くと、ふやけながらかつて子は流れた

好きだった
目だし帽のぬくもり
隣人のにこやかな挨拶を逃れ
鍵をかけると着衣が肌を浮きたつ
まだ、目減りする乳房、縦にほそく捻じれ
玄関のつっかえ棒は、捨てられたにんげんでできている

弓なりに、顎をはずすほど惨めな
爆笑が、夜の手振りにはなぜ付着するのか

店の出入り口で
おい、という怒声に振り向き
ある日、狂い栗を持って走るような影を見た
あきらかに違う、窃盗の走り方を、
はやく、わたしにください

青木町書店

（どぶの臭いのする本屋の
奥で、汁のようなものが煮えている
いつも息をとめて彷徨い
「国語辞典はありますか」
と問う声が具材のように混ぜられていった
（たべろ、たべろ
母や父や、あたたかい友人の腕が
給仕する
食べこぼしの染みに怒り
飲み残しのテーブルをなぐり
いまはしんと静かな
文字のない、一冊の本のためにわたしは生きたい）

支払いの、硬貨で、喋った
数える店員の手のむこうで
女たちの古い、裸体が破れている
たくさんの阿鼻、まだ、血は巡っているから
本を思い通りに触ることの
激しさにおののく
布ずれのような
吐息のような、それは、だんだん、にんげんの形に
　なって
もっとも朽ちない、歯のつやは、うっすら
背表紙に残した、ここの
本屋はあまりにもにおう

ナダロ

ナダロ、という名の喫茶店には
行ったことがないまま
潰れてしまった隣の
帽子屋と
古びたピンボール店がときどき
枕元で、ナダロ、と囁く
老夫婦と息子で切り盛りしていたが
ある日、一家心中のしらせがあり
十年も経って、ようやくわたしの顔が息子に似てくる
扉など一度も
触ったこともないが
めまいのように降りる階段の途中で
一枚の水車の絵が、人を襲うこともあるという
その白く、獰猛な、羽に割られて。

「何を見ている?」

背後から怒鳴られ、皿を、落とした
グリーンサラダが怖い
グリーンサラダにやられる
いま知らない言葉に、食われるおまえは、誰だ

文通

偏った手紙の出し方が
ポストの口に疎まれ
届くときは、廃棄された後である
だから、手話を習った
空気銃としての、
という比喩で自分を標的にする

四角い手のかたちで、一通
人差し指のペン先で、一通

空気なら、思いのほか、ぶれない

机にむかい、ときどき押入れの瞳に怯え
振り返りすぎた
過去は
もっと深い、内奥のそこで片目をとじる
たとえば、作業場の鋏で刻まれた
郵便局員の灰色の制服を
隠し持ち
バスを乗り継いでいく
「死の門出で散らしなさい」
――誰が、死神に、遣われているのか

そんなふうに、身体は喋った
勘違いより正しく
正解より遠く
ごぎり、齧るような音がいいとも書いてある

壜

ほそい縄がパステルであることに
路面は、よろこんで
尾がいらだたしく催促する
つめに墨を、くちに、花を
差したまま、
ぐらりと一本の壜が立つ

割られるまでの
数秒は
上体をまるく滑らせ
おだやかに攻撃していた
(うすぎたない)
「夫婦」に触られ
撃たない
という嘲りに炙られて泣く

夜半、眼鏡の奥で

壜をみがく腕はほほえみ
ただの固体に
埋まる身もこころであると
かすか、ふちに掛かる
莟のおもさを離れられない

嘴

鉄板が屋根にはられて
光はたちまち
鳥を落とす罠にかわる、
一日中鏡にむかい
前屈したままのびきった背にも
うぶ毛のような羽は生えた

（畳のへりが、立て、と言う

ベランダで、後方へのびるジェット機に
青々とひたいを刈り込まれていって
電柱のように
さびしさは頭ひとつ多い、から
墜落のなかで一羽だけはげしく
迎えにきてしまうのだ
さあ、さあ、
鏡のなかからひっぱられ
羽がもげたのに
からだだけを舐めるあなたの
嘴は何かの工具のように光っている

しろい占い

（歯を交換して、一日五回は磨いている
他人のものだからではなく、わたしの、
所有を守るために
あなたを訴え、
歯ブラシは、洗えば誰のものでも使えることが

わたしの特技であった）

打ちのめし、叩きつけ、何の関係もないと認識する、
こころの機能が、壊れていることについて、十人で
話しあった、ケルト十字スプレッドはあなたの人生を
完璧な一本の線にしてしまうだろうから見たいか、
と聞く。見たい、いいえ、わたし達ではない、
あなたのほうが、優れたにんげんだから依頼している

忘れられた電話台の、硝子のイヌの口と口をあわせてお
く、成就のいけにえにおまえをできなかった恨みを曝す
ために、三角形の骨になったぜんぶのゆびで、玄関のノ
ブをまわし、入ってきた、入ってくる恐怖によって、あ
なたはわたしを正確に誤射するだろう
（何の関係もない人間であることが証明されない）

ヒョウハクして、12年前の9月22日が入れ替わっている。
歯を返却するために、顎や口のなかを測りに行かなけれ
ばならない、という甘えをまだ信じているのなら。癖、
偏屈な怒り、おろかな中退、あなたのコンプレックスの
すべてが捩れてなぜ愛情になるのかを知りたい、喚き、
叩きつけ、悔しがって、あらゆるカーペットを焼き尽く
してしまうあなたの、間違った表現がなぜ愛情になるの
かを知りたい。

夏至

夏至までの数日を
待てない、というように
寝床の肌がけをはためかせ
赤い珠のようなものを捕まえた
じっとしていると
濡れたあざらしの頭が
闇に喰われて
ぬめっとした、目だけのわたしが、起き上がる

あの、S字型のフックが

いとおしいとおもう
沈められるよりも、吊るされたい、という
呻きが丁寧に伸され
翌朝の、シャツと重なって出ていく

（こちらには、忘れ物ならば、何でもあった）

大きな貝のくちを
掌で真似て閉じてみる
までの、時間を計って、
いつも心臓が高鳴る
恋と間違えて波打ち際までながれ
ひとり、転べる岩をさがした
隠れて尿をする
焼けた砂が縮み、海はまだ、むこうがわにある

＊

参拝

見せないことを選んだ果実の
種を、ながい袋に詰めて
姉、いもうと、と
だんだんに幼くなっていって
手を、合わせている

一日で汚れた水には
ほんの少し、のんだ形跡がみえ

夕刻の、
五時には
着替えた宮司とすれ違い
手水舎が、ホースで勢いよく洗われている
輝いているか
どう思うのか

ときに光景のほうに突きつけられて
きつね、たぬき、こんぺいとう

生き物と食べ物の言葉で
答えるしかない気がした
まっすぐに登っていった梯子の
茄子のふくらみを見て
しずかに泣くひともいる

息をととのえ、
じくじくと反転の
声をいっしんに越え
何も言わない
太い木がいっぽん、胸に立ったら帰っていく

戸——祖母・美に

うたたねに掛け軸が寄ってくる
うっすらとあいた口に
のぼろうとする黒い蟻を丹念にはらう
まだ鏡台の布をそよぐ
あなたよ
ここから先は絶対に通さぬ

がらんごろんと
舐めるように鈴を鳴らし
数段をのぼると
溢れるほどの酒と
くろい一本の指先を立てて

「どうか先端にばかり
　とまりたくなる虫の欲望よ潰れろ」

生温かいしるが

薄膜のように尻からはがれ
やわらかく包まれる
わたしたち「家族」の
戸外で
凍えるカミの杖の跡を
初めて力いっぱい鮮明に描くのだ

眠る女たち

相部屋の女たちの寝息は
重なることがなく、しだいに、会話を
求めて、
掻き回された空気が、
前髪を弄る、
不眠であることと、のけ者であること、
その、真夜中の告知によって
わたしたちはいつも一人なのか、
どうか、
対話せよ、眠るひとを連れて、裸足で川原で
踊ることや、水切りをすることは、
禁忌であって
あなたがたの行方は秘密のままだ
しだいに包囲されていく鬼怒川の流れによって
連帯はしずかにやってくるだろう、
ひとつ、ふたつ、羊の群れが人間を匿い
後ろめたさで何頭もわたしたちは、
屠ってきたのでは（ないか）、夢見は裁きのように、
取り返しがつかないから
ゆっさ、ゆっさ、と、女たちの身体を転がし
丸太のように運びだして
微かな鼾や、途切れた声や、
布ズレの囁きまでも
隈なく点検し、明日になったら男たちに
かえしてやる

鏡の人

そのオノで、どのように、とは
聞かなかった
あと数日の命の、
御茶ノ水画廊の階段で
大声でよばれ
祝杯の一員に加わる
「乾杯」――くるしい、
牛の声が
壁一面に埋めこまれたオブジェ
しゃがんで、血のついた番号札をそっとめくる

(裾花川のまわりが
ながれこむ鮮血で黒かった、
モノクロの航空写真を、日の射した図書館で
　めくっていく)

釘、のこぎり、ナイフ、

その人の道具は、隅々までひかって
数千の叫びを招くように
夥しい弾を両手に
盛ってもらう
「何頭分ですか」
ふいに、やわらかな声がたずね、
応えようとするその人の
瞳だけが白く、反射して、入ることができない

一センチ

匿う水が、植木のしたに溜まっている
鈍器で殴りこんできた敵は火のなかで死んだ
洗われた傷を清潔なガーゼでおさえながら
病室で泣く人の傍らに座った
言葉よりもからだのほうが近く、
とじこめて、死後に語る、と約束をした

郷里の雪はタイヤの跡が茶色く、
少しも美しくはなかった
わたしたちのほうがまだ、と息をとめ、
片割れのからだが、さらに細切れの一人を零し、
睫のさきが重くなる
もう眠れ、とあなたは言った

それから、しずかな遺体をくるんだ
何かあったらすぐにおまえに
そう告げていた指先から一センチのところで
携帯も眠っていた

わたしも、植物を育てている
あの一センチの距離が、ただひとつのやさしさになるまで

この血のなかで、何度も語りつづける人よ
如雨露の蓮口を拒んで
水はいらないと、けだかく怒鳴る人よ

拍手

背骨の、したのほうに、小さな、拍手がある
装置でも、偶然の、産物でもなくて
ある朝方、それをみつけて
スイッチを押したようだが、記憶はなかった、
博士の指示にしたがい
朝と夜だけ、多くても一日二回まで
という決まりだけは守った

すると目は空をうつしきれず
大空が目をうつし
ひろびろとした視野、というものが、
「むかし」への取材を放棄する

「いいことばかりじゃなかったです、とてもとても
あなた、かってなことばかり言って
過去、なんて、その程度のものなのですよ」

わたしではない口が
不満気に、でも、きっぱりと、言い放った
まばらな拍手はぐねぐねと体内をめぐり
私語をやめ
硬い岩となって野原でめざめる

あなたのつごう、あなたのはんだん、
あなたの、滲む血のかたちは、

ぜんぶ、その身体に、とじこめてあると
博士は言った
きっと誰にも褒められなくてよい
そのちいさく何よりも華やかな拍手のために、
ひとはふっくらと一人である

音楽堂

リコーダーを磨く
その腕に、蒼い萼をかぶせて
あなたがはげしく鳴っている

わたしは、耳の準備に忙しく
わずかな旅費を無心してむかう
すこやかな唄口、漏れた一音に浚われ、
ぐねぐねと塹壕に行き着く

むくろ、なぜ、ほねの感触を恐れ、
音楽堂と焼き場の守衛が
ごわついた襟を撫でるのか
染み入るやさしさも、雑言も
同じメロディに生かされて、
あなたは、祝辞か、弔辞か、
見分けのつかぬ挨拶と
黒の正装の
わるい含蓄も見た

それから、釣鐘のように

こうべは深く垂れていった
浮きあがる背の音孔に指を這わせ
聴衆はあなたを弾きに群がっていく

＊

道祖神

泥を掻き混ぜて団子をつくり
嘘のように喰らっている、
供え物を疑う
やせたこころを
犬が喰う

シャツを破かれ
歯形のついた腹で
門を叩くとやさしい祖父の銃口が光った
おまえのため、は慟哭となって

わたしも喰うよ
犬を喰うよ

嘘を吐いてもとめられぬ
薄暮にふるえ
ならばわたしが祖父を喰う

遊興師

遊興のあとの、むなしさに、
荒れるははの横で
食べ物はくさり
焼き魚の、歯に、噛まれてわたしは
死んだことがある
朝風呂の海の、強烈な光をおぼえ
汲みに行くあいじょうまでは
今夜がとうげ、かのように
ふるえる手で

台所、つるつるの玉を練っている
男親に告げ口する
「女」のゆがんだ口、見られた、
というわたしの妄想がきたない
子の血がまんなかから裂けないので
孤独におびえず
味方も、もとめないちちははの優しいうそよ
家のそとで手をつなぎ
からい飴を鳴らすことの
幸福が、
今日のもうけを、ちりんちりんと数えている

集団

屋上に集団がいる
という情報をとじない瞼が捉え
後じさりして、視界の箍をはずすと

男女混合の雑多なひとで
ある。臭いは鴉に似て
かたちは木を模倣し
風が吹けば髪がはがれ
むきだしの頭皮から鼻にかけて
怨みのようなものを放っている
(あれは光かどうか)

粟、水、塩のしろさに辟易し
人であることに酔う酒をもとめ
くずとよばれた親戚の三男の
一番細い、骨だけがお守りになった

「一雄、
時雄、
屋上に集団がいるぞ」

そんな赤ら顔の、腹巻もそこにいる
無学であることの誇りは

梔子の花をさした、ない唇で、血の話となり
叔母の性に微笑む
体だけを労わる
あとは給餌であることを厭う
者はつるされている

人形

射的場に並んだ人形を狙って
片目をつむる銃座のひじが
におう瘤のように突きでている
肩車で子は親の知らない景色を覚え
以来、数字を読み上げる声が震撼するから
夜半、閉じ込められた手洗い
腰まで落ちる汲み取りの闇と
一艘の舟のごとく、裏返ったつっかけ、
どうどうと宥められた背中から
まだ取れない大きな手形を
湯屋を追われるあの入れ墨、と論ったばかりに
突っ伏した教卓で数年を過ごし
血筋を透かしたり訂正したりする一生の後
うっそりと目覚めるおまえのひじは
くの字に曲がって動かない

わたしの鬣

祖母の灰をあつめ
たべたひとの涙にわたしは傷つき
親戚のわらいに膝をふるわせ
以後いっさいの
「声音」を捨て
墓を洗う、仕事、していた
鳥の羽、酒の染み、菊の残骸をよけて
血脈の川でにがい水を掬う往路は
いつも二股に分かれ
正しく裁こうとする者に

降伏する、幸福が、ありませんように
合掌の手の位置を違えて尻を嗅ぐわたしの
動物の意思の表示でまだ、
届くものがある
墓の裏、痩せてゆく文字に入らぬほど
この指は日々太く、
あなたの、感情に届く鳴きごえを
水に吐き、わたしの、鬣を追う

野焼き

都庁の裏のほうで、野焼きがあるという
投函が、うそであることを証明するために
婚姻届を出したわたしたちの肌に
着衣は溶け込み
いまだ一定の距離のなか
かたく布ずれするしあわせが
乾くころ、少しずつ、未婚はしんでいく

右を、むいてうなずき
左をむいて涙をこぼせば
背後にひかるあなたの、命日が、
わたしの引き返せない誕生日である
（誕生日のうしろはいつも絶壁である）

わっと癇癪の、
雨の殴打とつりあうものを
吐かせようと引っぱってちぎれ
半身でむかう
都庁の裏、見渡す限りの野焼きなどない

きつね

土埃が斜めにながれ
夜祭りが、露わになる
不意のよそ者は、山から下りてきたきつねであったから
濡れた鼻を、鉄柵につけ

注意深く、緑を
なあ、よう、ふみしだく、
氷菓子、あんず飴、あのこの、
舐めているきれいな石ころがほしい

くちべらしの子は、今でも子ども、だったから
細雨のような白い足袋に刺され
腹部から、たいこに、踊らされていった

反り返る、股
すそに血がついて泣く

つつましくそろえた、前足が黙って
こんなふうに草に座ってずっと見ていた
人の世界の光は烈しいかどうか
そばを焼く男の腕の、柄の目でまだ、生きている

置物

たたかいの猫を脇に置いて
まるくなる背をむりにのばして
置物の真似をし、静止している
弓矢の誤り、許諾する哂いの星座へ、
かたく手を結び、わたしだけ放たれていったので
頭上から探されるあなたは、血が違う、と言った
署名を求める人は、わたしの耳を見たことがなく、
引越しの朝に、新聞紙で浚って
新しい家のもっとも見栄えのよい玄関に
飾って、家族の声を流し込んでいくので
背は異物のようにふくらみ
額縁からの勧誘に耐えられず
べつの愛を選んで
死にたえる顔まで、ここで見ている。

（『裾花』二〇一四年思潮社刊）

しじみ

しじみ、と思ったら、
自分の目が映っていた、
具のないみそしるを一口のんで、
両目を啜る、あじは、おれの刑期にふさわしく、
ざりり、と音までしやがった、
という
それから、波立たぬ椀ひとつ、
箸置にもどす一膳、
さっぱりとなにもない、
壁越しに、小便の音だけがしみている

(桜をごらんよ。
形状、色彩、あれはどう見ても、
おのれに向けて咲いているとは思われぬ。
こうやって気ままに眺めているわたしたちの視線が、
おそろしいものの視線なんだよ。)

排泄のこだわりに、障害はみられたが、
かんなの使い方は一流であった。
くらい頭が柵ごしに遊び、
見飽きたら目を逸らす、
莟でもふいに手折る、
この世に長いも短いもありはしない、
わたしはわたしの、役割を。

侮辱され、
全うする、
木肌は赤身のようにかがやいて、
夜はひっそりとしじみの目を見つめた。
ふうん、と女たちは手をたたいて笑い、
便器にぶつけてあとかたもない

ぼけ

庭に出て、
ぼけ、という名の犬を眺め
川までいって
釣りをする人を数えて
こころを満たした

草野球の、ホームランの音で、
身長をのばし
砂利をふむタイヤの
かんしょくで
体重をつくった

花火師の家にもらわれ、
養父は、ふしぎな苗字をあたえた
火薬の匂いのついた服を嗅ぐたび
わたしに未来はないと
ぼけ、に伝言し、

命がけの玉を、夜空にうつした、
文字のかわりに、
何度も火筒の底を覗いて揃え、
適切な手紙をあなたにとどけようとした

（他人は健康なつめで、滑りやすく、
闇の帷子を、一度ひっかいて去っていく）

古い写真のなか
痩せた犬のぶち模様が
ときをくぐる暗号になって
この顔にも、でんでんとほくろは置かれた
解読できない、ぼけ、が、
血をふるわせてよろこんだ何か
鏡の真上で、空だけが鳴る

桜坂

盆に食べる蟹の
つめを渡されて見ていた
かつてこの鋏でつかんだものが
生き返り、かわりにあなたはほじられる

発泡スチロール、ばらばらの甲殻、大量のごみ袋にうも
れ、
墓石にみえるほどの四角い胸板であった
ときどき、カッと飢えた目をむけて
娘にさえおんなをさがし、
その石は、
起こしてくれ、と手をひらく

(幼年のスノーモービル、
あなたとの、乗り物が頭上で唸る)

蟹くさいその手を
ひっぱって離すと
起き上がってごろりと倒れた、
ひとが、こんなに自在に揺れていいはずがない
ばかやろう、ひっぱっては離し、
ひっぱっては叩きつけ、
やがて獣のように、墓石に突進していく

わたしは、
あたらしい障子のかげで、
この世には、軽蔑の鼓動というものがあると思っている
暑さに尻がぬれ、ひとり閉め切った室内で、
首をまわし、激しい寝返りを、みはっている

肉屋

真夏、凍りつく肉屋の、店先で
店主が、ひかる頭を剃っていた
白い前掛けが

すでに冬至を告げ
豚もつ　一キロ　六〇〇円
肩肉　一〇〇グラム　一五〇円
豚ばら　一〇〇グラム　一六〇円
読経のように、目をとじる

かつての肉片が
もういちど、日の光に晒されている
親しい、病人たちを呼ばなければならず
豚のようなかっこうで
牛のようなかっこうで
口をあけたが
言うことがない

ショーケースの上の
卓上鏡のなかの目を盗む
上げ下げされる肘の、おもさが、
わたしのこころに似ていた
売りさばく部位を決め

買い物かごをゆすった
土手を運ばれる家畜の列が
だん、だん、と切られ、
これですか、と指差された

逃げてもいいのに逃げなかった
釣銭をひったくるようにとり
バス通りで掌をひらくと
やはり正確に、薬指がきえている

門限

ゆきは、門限破りの、
仏間のざんげのように
硬い掌をあかるみにする
手水舎で、夏、ひとを待っていた柄杓、
岩をうつ手で
両手をうつ

何もない、ということが、
賽銭箱に落ちて、
暗がりを覗くと
お金だけがあった、

そんな、にんげんの話をしたあとで、
弟は腰をまげ、ひつぎの冥銭を狙っている、
さもしい生しか、
ここは切り抜けられぬと、
住職の法話のなか、
死化粧を直しに、中座して、
洗面所ですこし吐いた

みかんをもらえなかった
りんごももらえなかった
メロンもとどかなかった
あとは、どうでもよいことほど骨身にしみて、
けなげな泥酔と、

さかさ屛風の差別のすきま、
清潔に、蓋はあくのだ、
青々と顔をうばう、ひとりぶんの、
ゆきあかりのこうふくのことは、
絶対に教えてやらない

どうぶつビスケット

絶対的な、全裸はどこだ?
肩にかかる、シャツに驚き、
増殖しつづける恐怖において、
たしかな異常をつく、梶棒を、
奪われたこの復讐は着衣で果たし、
ひつじ、さる、とり、うま、いぬ、
ぼく、ぜんら、
五十歳になったから、
どうぶつビスケットを種別ごとに並べるんだ、

規則性は安心、
曖昧は、悪なんだよ。
だが、駅員のやわらかな返答にビスケットは乱され、
悲鳴をあげ、切符を投げつけて飛び去っていく。

あれは、わたしが、嗾《けしか》けたのだ。
その、「定型」からはみだした、
ひとの皮が、黙って、
ぶらさがっているよ。
おお規則的な、
素足は、
だれだ？
目覚めない目が、
てんてんと二つ、
叩いても、蹴っても、
血の振動をまっすぐにのんでたつ
岩間に降る声が、あいじょう、と
聴こえたが、

水晶の汚さ、さけぶほど滅びる、
寒い一枚が、ひっしに、わたしたちだ
ひつじ、さる、とり、うま、いぬ、
ぼく、
ぜんぶ混ぜて、
どうぶつビスケットを腹にもどして消した。

旗

口が割れぬ
川原で、
祖父のような
流木が裂けていた
旧友の長い影
鮎飯を炊くあばら小屋、
もう、鬼は無くても、
枯れ枝を角に、
跳び回り

わたくしは怒りをあつめる

駆ける雪
逆さにささる動物の四肢
（だむだだむだ、故郷を漱ぐ、
　だむだだむだ、）
連打の足跡で
裾花の川の根を鳴らし
途上なら、
雪捨て場でこころを拾われ
数人でわけて食べていい、と
二度も言う

見くだされるひとの
誇りたかさを
照り返す長安橋をいっしんに仰ぎ
それから、
荷台のうえ、がたごとと頭が揺れて
父母のまぼろしの
むつびを
生涯の旗に立てていく

論争

フキの煮物をひとさしでおく
楊枝が不遜に汚れ
和菓子には手をつけてはならない、と
女中は、かかえた盆を裏返し
心根をおくる

その耳は、近隣者の談でみたされ
遠方者のわたしの
席はない
押し込めて、蓋をすると
吐かれる息の、一寸前には、弾力があった
洗ったばかりの、墓が、興奮する

今さら、土など盛り上がらせ
けしかけられても
骨はいまも、無責任に
すべすべしているではないか

正座を、前かがみにくずすな
すぐに懇願をかたどり
卒塔婆に肩をはたかれる
長女とはそういうものであるから

信じろ、と
古い声が唱えている
座敷の柱では、こどもたちの習字が風に舞っていた
あの賞賛の、塗りつぶす朱墨の
無神経さがテーマだったが
論争にはいつも、言葉だけがない

黄色くなった

あたまの一匹の蝿を
手洗いへ誘導し、
すかさずドアを閉める
彼岸に来た、父の亡霊かもしれず
このような排除の、しかたで、
わたしは乗り越えていく

山頂の寺では
洗うほど、墓は興奮し、
卒塔婆に、喝を、と肩をみせた
おんなの行列をつれ
「敵」の運転に命をあずけ
しかし、彼女とだけ、泣ける
(子どもの頃から
　こころなど一つもない

傾いた位牌に

手をあわせ、
せがまれて下手な経文も読む、
ちくわの、茶色いところが、鰭《ひれ》である、
という大嘘によってしか
生まれてこれなかったことを
薄目で誇ると
ぶん、ぶんと、うるさく呼ばれ、
(そろそろ、逃がそうか

手洗いのドアをあけはなつと
亡霊はわたしにむかって放屁して
やーい、
「黄色くなった!」
「黄色くなった!」
と、喜んだ

ハムラ

地図屋は橋までしか
書いてくれない、
辿れない古家の間取りは
ひとを嫌うように区切られ、
この世では、
多摩川のへりに表札を立てる

ベランダを占拠する
髪を振り乱した人影が、
かつてわたしたちの
誇りだったが、
秋になれば枯れたススキが、
あれは俺だ、
荒れ放題の俺たちだ、と主張する

つまり、ハムラ、
山を切りひらいて家を建てた、

後ろめたいこの地のように
わたしたちは生まれた。
蚊の高い産声、土石流の眼差し、
草木の嘯きに気おされ、
死さえ留守にして出ていった。

だから、ハムラ、
もうここに帰ってきてもよい。

＊

馬に乗るまで

馬に乗るまでのあいだ、
バケツに水を入れて、雑巾を用意し、
林檎二つ、箒とちりとりも持ってきた
ブーツを巾着にいれ、肩から提げて、
自転車に乗っていそぐ。

うるんだ目に尋ねるときは、
こちらの目もひかり、
背を撫でて、呼吸をあわせ、
朝の体調を測る。

（ううん、
首を、横に振っているのに
視線は逸らさないから
冬の狼狽はストーブでも暖まらず、
しばらく、簡易イスに腰掛けて、
行きかうひとを眺めた

火でゆらぐ空気が
わたしを蓋って
一つの心臓でうごく
巨大な空間のまま、厩舎を、出た、

ここにいるのか？

手を胸に当て
亡きひとたちがよぎる瞼を
いない馬が舐める

エーデル

青木の小さな家に、
むかし、祝ってもらった。
朝陽を入れておく、専用箱のような、
その家は、壁から天井、手足まで赤くてらし
五時のわたしは、生きていた。
誕生日には、窓のない浴室に、
まさか、と驚くような、
うつくしい虹をかけた。
白枠のドアがふわりと開く
恐怖すら歓迎し、
エーデル、と呼んで、
その家をあいした

それなのに、ある日、逃げるように荷物をまとめ、
わたしはその家を捨てた。
それから、ことあるごとにエーデルを思った、
何年も不動産サイトの空室情報を見つめ、
新しい借り手が、出て行くことを、願った。

「告知事項有　心理的瑕疵有」

みずから　絶った
と担当者は言った
今朝、仮申し込みが入ったので
これ以上のことは、お話しできません

わたしには、すぐにわかった
二階から空へのびる銀色の鎖
幸福な遊具のようなL字型の梯子
たしかに、死ぬには、あまりにも
あまりにも、ふさわしい
家ではあったが

終わった　と一晩中泣いた
望みどおり、空いたのだ
願いが、叶ったのだ
わたしはエーデルがすきだった
エーデルもわたしがすきだった
わたしのためなら、なんでも叶える
エーデルが、こわかった

ＯＰＱ

用途のわからない引き棚が
男のうでで動かされ
スーツの袖をよけて
居室の奥へ進むと、密室がうまれ、

さまざまな、夫婦を思う。
本棚の背面が、ずんべりと盗まれていて
内臓のような家具類をさわり
いるか？
いる。
片言で済むならひとと
暮らしてもよい、
という総意がわからない
きみの名は
「ＯＰＱではないのか？」

同名の、スナックなら知っている
そこの手洗いで
ばり、ばり、と何かを踏んだ
きゅうり、チーズ、さらみ、を
つまみぐいして
夫婦とはなにかかんがえて育った
だから、きみは、どうやっても、
家庭を知ることはできなかった

引き棚は取りはずされ

男だけが残っていた
雨の大学の裏通り
ふるい故郷の一点の恥
泥濘の水をすいあげ
きみ、看板のように、
光れよ

汀の蟹

蓋を閉じたので眠る　蟹の足が寒い
わたしの鋏を　どうにか温めてほしい
「そちらは南国の、半袖の、短パンの、人のような
　あなたですか?」
受話器の口でとじるもう一つの心の口　この間には
他人ほどのやさしさがある

*

信を送る、かえっては来ない　くてもよい、　電子の汀
　から
小さな文字がひあがる、　拾っている左手を、きょう誤
　って
傷つけました、と言わ、伝える意思には　身体が必要だ。
ロープウェイの水槽で　男の　襟足をみていた、同じよ
　うな
人を知っている、不確かな言葉を喋る日本人に騙された
ことがあります、所有のかけらがまだ手のなかにある罪
　人は
ここに居る、　振りむけの暗号、　押しひらいたのちの、
疲労でなら、
しばらくは漂い、文字をおもいだせた、
天井の、
《神棚の汚れ》
拭う手の甲に　高速に押印される時間の塊が　もっと
　も悪い
誕生日である、　と認めない　命のくもりを磨くと
輝いてくる、あれはなにか、と発する声の権利はたしか

に
わたしだけのものだ。

＊

蟹で居るうちは暖色のために理
　解されなかった、
腹を見せ白で誘う　ポーズのま
ま　網のなかでもがく
背と水面の距離において、満た
　されているものこそが
敵であるのか

（外套を脱いでも脱いでも身体しかないことの言い訳のために、新しい中文の単語を拾って、石の水切りのように海を越える。つやのない顔色はうかがうまでもなく、わたしはあなたをどのようにも発音できないからこそ手に入れたいのではないことをかならず証明する）

FUKUSHIMA、イバルナ

故郷なし、わたくしは祖国なし、
潰れた絨毯から一本たつ
FUKUSHIMA、イバルナ、

ばらけた束を、撫でる手が汚い
糸の会議はひそやかに
身ぎれいな人間の椅子のした
敷かれ、うごめく

（迷惑でも告白させてくれよ
親がさ、
犯罪者だからおれはおれがこわくってしょうがねえん
　だ

さもしい、愚かな糸か、
無学と殴打と貧寒の黙禱に
いのちに、

底上げを　押しつける「絆」の文字か
おまえの一本などかるく均される
けれど、風化するあの瞳の
紛いを喰って、生きる糸はいう

白目のぶぶんで見つめ抜く
背を向けても正面に回る
死の筋肉でねじふせる庇護のくらさ
そんな死者のあなたがどうして
弱い者の
はずがあろうか

はためく、
国旗を縦横に編んだ
糸の声援が水平に空にのびる
イバルナ、イバルナ、
FUKUSHIMA、
イバルナ、
わたくし

＊

かいこ伝説

ぼしゃり、ぶしゃり、さり、（いまは食べることで）
ぼしゃり、ぶしゃり、さりり、（いそがしくて）
ぶま、いぞ、ぶま、びぞ、うま、いぞ、
（ああ、うんまい、うんまい）
ちょっと、あっちへ行ってくれない？

というぐあいに
その養蚕場の十万頭は、
脇目も振らずに、桑の葉をはんでいた
別のことをしているものは一頭もおらず
命なのに、目的が付与されているような
ふしぎな生き物は、

「絹はたいせつにされるので、
その意味では、永遠の命をもつのです」

という伝説さえも
なんのその
たらふく食べることのなかに
彼らの「生きる」がびっしりと詰まっ、
ちょっと、あっちへ行ってくれない？

若い木——臨津閣への途上で　2017．9．16

木が、なにか違う、と
隣にいないひとが、マイクで言った
いっぽん、いっぽん、
根元が山肌にささり
幹ははだかで
隠れようもなかった

観光バスは、すこしの疲労を滲ませ
アドバルーンや遊園地、
国境に近いあたりでは
家族づれが、レジャーシートをひろげて、
長い毛の犬を遊ばせている

ほら、なにか、違うよ
日本の山景色と、どこかが、違うよ

口をしめ、にがい兵士の跫音は
白雲のかなた
柔らかな琴音をひきのばし
ここの、安全を、覆っている

「朝鮮戦争で
丸焼けになったから
木がみんな、若いんだ。」

密室のなか、その声は、残った
わたしたちはまだ若く、ほそく、
追われようもなく、

これ以上はない放心を、
固い窓に、
こつこつ、と打ち返していた

えにし

このすがたではおそらく会わない
しかし、この腕の角度に連れられ
ごっそりと動いている
同一の岸のごつごつに
稀に触れる
そういうときは手のひらをひろげ
撫でている空気のはしをつまんで
縦にゆっくりと飲んでいく
棒になれ、竿になれ、
縄になれ、
無理難題をいわれ
生まれ出てきた

わたしは、にんげん、といいます
仲良くできますか

耳を澄ますと、聞こえてくる
うまれたての精子のような
天の川の攻防の点滅が、
びりびりとおのれの口をやぶって、
血まみれで鳴く声がする

(かつて恨みをかいました
頭皮がまだ透けている子を
腹の中ごととられました)

親から離されたのに
陽気に遊んでいるのは
いまも護られているから
流される血のむこうで
熱い頬ずりにうっとりと目を細める

鶴子

鶴をつかまえて、手元に置いておけないという宣言があり、
抗議のペンを、腹に突き立てても救われぬおまえの、
怒りに濡れた四肢が、嬰児の舌を探して這っていく、
あるいは、
絶叫を土に埋め、いつか誰かが掘りおこした朝、
木の葉はいっせいに手のかたちとなって、
分娩室の嬰児の舌を、ただしく、荒々しく、矯正していく

「もっと完璧な死を……」*
「もっと完璧な死を……」

そのような言葉で、わたしも、泣いたのではなかったか、
まだ鶴の首のようにながく、やさしく、
巻きつくあなたの不完全な死だけを齧り、
衰弱していくことのよろこび、一本足でわらいあう

*清水昶「さりげない日々に」から引用

毛のもの

きょっきょっきょ
と鳴いて横揺れをつくっている、
仰向けの毛もの
毛が無いわたしの肌にしんみりと体重がひろがる

あやしたり、ときには
投薬、摘便、按摩など
すけるような身体に深くわたしはじぶんの身をいれて
あなたを暴れる、内側の骨肉であろうとして

にんげんがひとり
はっきりと、取引した
分け合って等しく

ととのうわれらの命のために
きょっきょっきょ
すみずみまで知っている毛のもの
歯のうらがわ
鼻のうちがわ
瞼のふち、耳のひみつ、爪のなかに入っている
ごみ
光にむかって連なる
便みっつ
両手でうけるげろのあたたかさまで
きょっきょっきょ
取り下げることのない誓い
あなたのやわらかなももに鼻を入れたり
首に巻いたり
永遠に「明日たべる」
「明日たべる」
わたしのけもの　毛のもの

毛のもの　Ⅱ

涙があふれるような
（きょっきょっきょ）
犯罪のかずかず
（きょっきょっきょ）
なぜわたしが
（きょっきょっきょ）
立ち会わなければならなかったのか
じつにくだらない摸造刀を疑われ
葬儀の日に取調べられていた叔母
雪と幸はほとんど重なることがなく
周囲には改名した女ばかりが揃っていた

美は美也子
昭美は照美
朋子は明子

三十年が経って

冬の土中の断面図のようなものを見ていた
その一つの房の中で
うめく毛のものにすがり
ふるえているおのれの
唯一の仕事、管としてのちから、
吸い上げ、ふきこみ、吸い上げ、ふきこみ、
やがて天地をも動かす
おごりでもかまうものか、と
（きょっきょっきょ、マントル！）
（きょっきょっきょ、みみず！）
（きょっきょっきょ、雲母！）
桃いろの口をすぼめ
頰からぷくりと息をもらし
毛の先まで憤怒をあふれさせて
それから、毛のものはことばを話すようになった

皆神山のこと

皆神山のふもとにすむ
こやまというひとに
近親の死を
片手落ち、と言われたことがある
あれは、鼻歌のような
陽気な吉日
現代的な駐車場から、
ふわっふわっと、
白衣が揺れるのを見た
ふだんは薬剤師をしているという

導かれ
別の日には
皆神神社で御神籤をひいた
あの群発地震の観測所も
松代大本営跡も見学し
よい思い出であった

けれど
寄合所には誰よりも早く到着し
礼を尽くしているような顔をして
ほんとうは周囲を牽制していた
そういう社会性のある男には
どうしてもなりたくなかった
だから
皆神山よ

いいところもあるんだけどな
そんなことなんの自慢にもならない
たった五百円しか！
へえ子どもなのにわかるんだ
どんなおやでもおやはおや
でもね、加害者のかたもね、かわいそうなんです
おばあちゃんとあんたの二人だけの秘密にしよう

強制労働のころ、一本の丸太を枕に、並んで眠らされた
朝は、丸太の端を、一度打たれて
一斉に叩き起こされた
やはり、片手落ち、と言われた

人形のなかみ

それ以上話したら憑く
狸寝入りの耳に、一滴、
祖母が大事にしていた
浅黒い肌の人形がすわる。
毎日、髪をいとおしげに梳かし
たまに風呂にいれ
手作りの洋服を着せて
家族に見せてまわった、
金髪のストレートヘアに青い瞳
日本人ではないこと
名前がないこと、など
祖母も誰も、気にも留めぬほど
それはただの女の子だった。

祖母が死んだとき
人形のなかみから
小石ほどの骨を取り出して
柩にこっそり入れておいた、と
おばがウインクして言った。
手柄よ、とも言っていた。
だれの骨、とは聞かなかった。
その人形を囲んで、
祖父も、父も、母も、姉も、
みんないた
一人も足りなくはなかった。

室内

蚊に襲われて縁側が怒りだし、
室内はいのししに備え、
食料を隠した。
盗み食いの、
所有者がひとであるとは限らない。

資料にはそう書いてあった。
夕暮れのふどうさんやで、
深刻な顔でうなずいている。
あれは父か、祖父か、
流れる血を自分にたしかめ、
何本もの川をまたいで、
心臓をはずませて現地へむかった。

じつは、
どうぶつ臭をたしかめにきてください。
とも言われていた。
資料の情報はたった五行しかなかったので、
その言葉を信じ、
鼻をすすいで待つほかなかった。
日々、食料は底をつき、
初めて生きていることを実感し、

空腹にいらだって、
やがて実を探しに山へ入って撃たれた。
わたしが何かしたか。

（『皆神山』二〇二三年思潮社刊）

〈未刊詩篇Ⅰ―みしらぬ蛇口　詩の森を歩く〉

黒髪の地

短い庇の真下に
つむじはある
ふわりと
大きな手が現れて
頭を撫で、（かわりに、泣いてやる）と
短い雨が降っている
石段にあがり
空までもたった二センチ
豊かな土地
とても繊細な鳥を
育てている黒い髪である

すでに、瞳の水位は上がって
愛の電信も

下睫で払ってもよい、と
涼しい頬骨で
岩上に立つあなたの影に透され
まだどうしても
見たことのない美しい
獣が、傾れおちる水を垂直に飲んでいる

鬼の箱

冷たい鍵を差し入れてまわす
玄関のドアを二回、引く
遠ざかる足音が
耳をひろげると
ここが、箱のなかだと気づく

仰向けで足を組み
両手をまくらにかんがえる
心臓から肺へ
肺から空へほそくのびる
緑色の茎、
一台のライカが
死者の眼のようにひいてゆく

天井を抜け、
屋根を越えて、
ねそべっているあいつは誰かと
首をひねるが
すぐに忘れて
くわえ煙草でトランプを切った

「誰が?」
「賑やかな鬼たちが」

酒盛りと、笑い声のあとでは
おこぼれのような
しろい灰を髪に積らせ
こっちでは、できるだけ派手な

起き上がり方で
ぐらり、箱を揺らして立ってみる

生き物

ウエイトレスの落とした
シナモンの皮が
カサ、カサ、
近づいてくる
乾いてひろがり、うなだれた生き物が、
回転し、向きを変え、こちらに
むかってくる
(だれか…、だれか…)
救いの声は
わたしよりも先に
見知らぬ男女の唇ですでに
飽きられていた
一本の煙草、ほそい縄、くゆる糸を巻いて
氷面《ひも》の爪先で微か
わたしは右半身を枯らす

(だれか…、だれか…)
いつか拾い上げる人の
腰の折れ曲がり方を瞼の裏に重ね
待っている、待たれている
巨大な一枚の
土色の樹皮があり
(少年の、ずりさがる靴下、脛もみえ)
秘めごとは背伸びして火の先を数えるように
あっちこっちで覗く
目をいっこ得て、生き物は加速する

似顔絵

目に頼るな、と誰かが囁き
初めての

似顔絵を描く
まなざしがきれいで
頬はところどころ打たれたように赤い

じっと円錐の
渦のような静寂にのまれている、と
過去のほうから
ししおどしが空洞をひとさし
ふたさし
ついに声を引き抜き

風が強い日は
白い、ラジオにむかう
洗濯物がなつかしい
ひとがたを刳り貫いたこと
耳の気配
だけで知るのだ

壁にかけて、と
似顔絵が言う
ひんやりと心の奥の
つきあたりまで進んでいって
何一つ
嘘のない言葉をあなただけにあげる

朱色

金属を小刻みに叩くような
あるいは、いっせいに色彩の鈴を鳴らすような
声が、とおくから染みてきて
頑丈で、高い塀に囲われた
竹藪に着く

ここへ、放り込まれたら、誰にもわからないだろうな
植物が、暗い廃墟に見えるなんて
きっと、なにかあるのだ

見上げると
くろぐろとしたかたまりが
たぶん何百羽ではきかないような数の嘴が
枝裏へすばやくまわるので
近づくと、朱色の舌が垂れ下がった
あれは本当に、鳥なのかどうか

（答えはいつも、さりりと重い、鉄の味がした）

夕刻の、愉快なメロディがうなじを凍らせて
車でやってきたパン売りの男に
着いていったきり、
なまぬるい、なさけの胴をあっちへ
投げ込んでおく

真夜中の表札

半分あいたドアから
奥ゆきのあるフロアが目をさます
背をかがめた誰かの気配
朝一番のコピー機のあたたかさを
手のなかに落として
わたしの、とても静かな
燃料となっていたこと。

いびつに伸びた手足が
ビルの窓からはみだしている
壊さぬようにそっと
ひきぬいて
ドアまでは虫になり
ひとびとの
靴からもれる声の振動をわたった

おかえり
まだ見ぬわたしの暗がりへ
光る口で、これからは黙っていられる
真夜中の表札をめくり

だれもいない会社で挨拶をすると
おまえが働く
たったひとつの
机がある

朝のひかり

壁が赤く灯って
不審におもい、梯子を降りると
一階も赤く染まっている
そこからは
まるで大男が
素っ裸で窓を全開にするようなまくあけ

眠れなくてももう
心配はいらない
わたしは朝日を
入れるための空き家でありたかった

はらり、と
たたまれた膝は正座を欲して
指いっぽんまで息は維がれ
瑞々しくふくらんだ指紋を
焼き写したい
誰かの背は、どこにあるのか

草陰で
薄い羽虫がひとを産みつづけている
唯一、保護されない目を持って
（私たち
光に、ぶつかっていく

布文

定規をさがして、裁縫箱を開くと、うすべに
の布がしずかに眠っている。もうすっかり、

五年くらい、やすませてしまって、息たえた
子を抱きあげるような（そんな比喩は、もう
いやだ）、力の入った腕、もう力の入らない
指先で、ひらり、浮かせてみた

　赤い刺繍糸で、どんなふうに刺せばいい。
針はいつも、布の罪をさがすように迷い。

　　　　どこかで、いったん、ほどか
　　　　れてきたという。波打つ際が
　　　　布と布をであわせ、向かい合
　　　　ったまま、きつく、縫われた
　　　　ら、もう一生そのままである

だから、おそるおそる、裁縫箱をのぞいた。
待ち針は、小さな猛獣のように、手首のうら
をねらい、指ぬき、という言葉も、安心でき
ない、
「もっとも、柔らかなぶぶんで、針の頭を突
くこと」。痛みのくぼみが、渇いてひらいて、
いちめん、水のない海が見えたらそこからわ
たしは布である

森の婚礼

鳥に悪口をいわれて
窓辺で、かっか、と声を出している
抱き上げると
小さな顔をうずめてじっとしている
かわいそうだった、
かわいそうだった、
大丈夫、でも、がんばって、でもなく、
今あったことを
誰かに先に口にしてもらうことのうれしさ
耳をたおして、ぺったりと、
眠るかたちを整えていく

目覚めると
また窓辺にのぼって
じぶんとはちがう生き物を待つのだ
喋るのでもなく
触れるのでもなく
まんなかのぬけたしろい額を
かた、と壁にかけるように誰かと
結ばれる、のだとしたら
猫のようなものと、人のようなものが、
森のずっと奥で
婚礼のベルを鳴らし、
引き裂かれぬように、声を上げて泣いている

なみだ

はじめは小さなかすり傷、が裂けて、痛い、と
気づく前に、発火する、ぼっと、たしかに、
心臓に耳を澄ませば、赤子の濡れた手が、強く
ぐうを握りしめ、それから、嗚咽、のてまえ、
すばやく息を、蓄えて、止める、
痛む胸を
守るように、前かがみになり、ぜんしんを縮ませ、
あたたかな泉の、みなもが、
流出への期待にふるえたら、
泣く、
今、泣いているひとよ、
あなたは、悲しみのために、涙を流すのではない
暴れまわる血の、幸福なながい吐息のために、
喉をすべらかにほぐす、仕事を担ったのだ
やがてくる平凡な
コップの、すこやかな軽さのために
重く、ながい腕を伸ばして、水を飲みほし
今、何を、飲みましたか
飲みたいと思ったものを、なぜ、飲むことが
できましたか、
望んだものしか、手には、入らなかったのに、
あなたは何を、失った、というのだろう

馬、あのひとの沈黙

馬の背を水平に撫でていった
ごつごつと伝わってくる骨の
ずっと下のほうに
沈黙の箱が入っている
（鈴のようなものが激しく回っている）
喋らない命、というものの、
やさしさ、おそろしさ。
かつて、極寒のシベリアで
その首に抱きつき
暖をとった男のブーツはまだ、転がっているか

戦場から帰ってきたあのひとは
パパ、ママ、という呼び名をとつぜん禁じた
オットサン、オッカサン、
わざと吃音を入れ
間違えたふりをする
（名を、翻すことは、ほんとうに難しく）

幼児の戸惑いに
誰も気付かないという「幸せ」はわたしのものである

どんちっち
ことらどっもうもー

おもちゃの馬の手綱をひきながら
初めての言葉を、空中にふりまわして遊んでいる
オトウサン、オカアサン、
といえるようになったかわりに
生きた馬の鬣だけが
冷たいことを知ってしまった
この体温をぜんぶ、あげたい
沈黙の木箱をあけたい
くたびれたブーツに、そっとつま先を入れてみる
「おまえは、決して、行くな」

踏切

熱い鉄のへりを叩くと
片側の、半島へむかう
音は、郵便のように、遅れてとどき
封切られた頃に消えている
それくらいの、距離をめざして

小娘の、朝帰りのかかとが奏でる、
鉄琴が愛しかった
夢中になれるものぜんぶが
あの網の目のむこうにあって
「悪い子」が輝いて見えるほど

　かつて、熱帯林にいた
叱られ、くしゃくしゃに濡れた顔で、まだ反省はし
　ていない
針葉樹が、にんげんになって、
歩いてくる

　わたしだけの妖怪をあの日からずっと探しているの
　だ

大人の目を盗み
こっそりとへりを触ってきた
子どものひそひそ話は
自慢のように、声がどこまでも通っていく
その、熱いへりのむこうに、半島はありましたか
どんな妖怪がいて、
どんなふうに笑っていましたか
カンカンという遮断機の
単純な音にふくまれた血が言葉に
なりませんように、
口を噤み、音は、両岸から守られている

にほんご

なにも答えない上唇が

噛めないｈｕａ（話）のかたちを
深夜の、白紙のノートに、ずしりと押印している
あなたの、耳元の声は粒状にはじけ
慈雨をよび
ここ、中国、黄山の
かすかなそらの筆跡に、ほら、足された

「雷雨天気请勿登峰」
　雷雨の天気に峰に登ることを禁止する

一行《いっこう》は、３ヶ国語を、
パズルのように持ちあわせながら
山道をいく
あの岩山は中国人です
あの岩山は日本人です
あの岩山は韓国人です
わたしたちはあの岩山です

にほんごで書く、淡い、たてがきの文字が、

あの日からすこし、かぼそく泣くのはなぜ
東京の書店をさまよい
仮名だけに寄り添おうとしてみて、やめた
にほんご、仮の名ですか？
おろかな質問にいま、くりぬかれたいのです

恋歌

誤り、を訂正する手が
迷いこんでいく鳥居があるのか
心臓をこれほどに傾けて
他人の、顔をみたおぼえは。
うつろう無数、影ならば飽きた、ので
いまは確実な、電子のむこう
動かない、人を追うふりでもいい。

　　　　　　　　　　　　　　　半球に、
筒抜けの、噂話、放置して、じゅくさない関係は

糸のまま在れ。祝詞の、脚韻を揃え、
まるく磨かれていく、愛情が木の縁に、つく。
（リトルバース。絞りとる棉を口に含み、
　こうして雨水を飲んでいた猿の、智恵すらも要らな
　　…。）

暖をとる、片足を炬燵にこすりつけ、縞上の小舟を、カ
　チリ、
作動させた。そちらは南国の、短パンの、半袖の、
人間のようなあなたですか。わたしは長い冬の方言をあ
　いし、
喉の道程で熱い、翻る土色の背に慄きたいのです。

ねずみの旅

わたし長い洞穴で待っていた
背丈ほどのこいぶみに埋もれ
小石のたぐいを
箱につめて仕度していた
みかん二個、りんご三個、
明るい色ならば食べられる
歯が灯りになるまで、磨く、夜半の水道を旅する
地下への階段が激しくうねって
何かが美しいヘルメットのように
からだよりも頭を重くし、うなだれているように見える
それは、喜びのすがたであったかも、
ともらす口をふさいで
一滴もこぼれない、
明け方の浴室に
投げだされる、
乾いた、コンクリートの、もっとも、
貧しく清潔なからだで
朝になったら、挨拶しにくるだろう「鼠」よりも早く、
母国語を思い出し
チーズひとかけら、
食べずに明日はじめての、五十音図をひらく

冬の置物

くっきりとした線をなぞって、あなたの筆跡を、力の
加減を、指先から　吸いあげるポンプのようにわたし
はからっぽにナル　寝起きの夢を忘れそうで、またも
ぐりこんだ、ぬくもりにも　つづきはないから、紙の
におい、むかし木であったこれも、まだ、生きている

起きぬけに癒えているこまかなキズたち　が、
毛羽立たぬように　しずかに、ころんと、
朝食をとることをあいす、
動き出そうとする神経の子、たちを叱り、眠らせて、
親としてのわたしを、居間に、正座させる

工事現場、カン高い悲鳴とともに
鉄でできた鳥が、管に溶けていくので
ビルは空に　近い
無数の涙　が霧を招いて
高層階になるほど空気がしめって、雲か、と

誰かが指をさすが、違う

香箱座りの猫　のように、置物であることを記憶し
午後の光、あふれるひとびと、声の訪問に
むけて、割れる破片の、数秒前を保っている、と
あのひとも
このひとも
奇跡のように、息、している

夜の証言

白昼を失い、まだ吊られた日の
地平からのぞく
おやゆびが陽気に喋りだした
たとえ遅延の、逆行の生だとしても
あの707号室のライトのかがやきは
きみしか知らないものだ
（まず、その美しさを留める、ヘアピンを空にかざし

非難にうずく口をしめ
星の下、荷造りをする）

天井と、往来するボールだけで
人が見えない夜の体育館を
つま先立って覗くことをやめられない
あらゆる私語が禁じられると
連絡事項さえ秘密に変わっていた
顧問の彼は　どこへ　逃げたか

ホルンから漏れた一音が
草だけを伸びさせる放課後のしずけさに
少女たちは傷ついた、というナイーヴさには
ひとりでしか勝てない
窓の合わせ鏡にこころを誓い
これからも見たことを見たと言う

望み

自転車を盗まれて、せいせいした
もう鍵をかけなくて
ペダルを漕がなくて
荷物をかごに入れなくて済む
それから、足であるくことになって
タクシーや乗用車や、バスが、
身近になった
すぐに手をあげ
車をとめて、そそくさと乗り込み
駅前で降りた
つまらない景色が、
いっそうつまらない気がしたので
誰かを好きになることにした
毎日、その人のことばかり考えて
勉強も、仕事も、手につかなくなった
自分で、計画的に、そうしたので
とめられるはずだった、と気づいたら

案外すぐに、冷めてしまった
何もかも、望みどおりである。

蛙と店主

その駅で降りると
たしかに記憶のほか、何もなかった
その記憶もゆらめいて
大通りのまんなかで、迷う、わたしは
誰のなかにいて、
誰のなかにもう、いないのか
露天では、小さな雨蛙の置物を、みた
買われることを拒むような
強く、ふるえた目つきで、
どの客も、追い返してしまうので
彼だけは変わらずにそこにいたが、
彼ほどのこどくも、そうそうない、と
店主は笑って、
やはりわたしのことも、追い返した
蛙と店主の、同志にあこがれ
右手を泳がせて沢山の人がまんびきをするが
それでもまだ、
誰も追ってこないので
雨蛙はわたしの家の玄関にも置いてある
四肢で跳ねる真似を、正午の布団の上で、
試してから
夜まで深く、深く、ねむった
目覚めたらもう、その駅のことは忘れている

寮母

寮の緑電話は長蛇の列ができ
むすめたちのあいだを
半纏を着た寮母が
はだしで、通っていく
細い麺を食べ

痩せていて
日に焼けた顔で
髪をきつく結わえ
むすめたちの
外泊届けの、印を押した

夏休みになっても
寮母はどこにも、帰らず、
庭を掃き
水を撒き
牛乳の試飲などし
夏のおわりに賑やかに戻ってくる
むすめたちを待った
百年も

（「信濃毎日新聞」連載詩「みしらぬ蛇口　詩の森を歩く」より。エッセイとともに、隔週連載。二〇〇九年一月～二〇一〇年三月）

〈未刊詩篇Ⅱ〉

日本橋のたたかい

「荷風！」という雑誌を
ほんとうに買いたかったかどうか
ただ、同じ匂いのするひとに、吸いこまれていた
日本橋、川がすぐそこまできている経済の窓
ページを繰るたびに顔はあかるく
だんだん孤立していくのがわかった

中二階の、墓場があってもいいと
このあたりに目星をつけて
まわりの盗聴ももう気にならないほど
すこし興奮したゆびで
「都電の旅」のページを指している
文節でちぎって
少しずつ出す手紙がこんなにもあなたに届く

なら
やがて地図とまがい
禿山には
遭難のふとい骨が刺さっている

（そっと杖を引き、血管の、浮き出ている赤い耳で
たたかうんだ、人のこぶしはいつも子どものように濡れ
　ていて、
そのゆびを一本ずつ強引にこじあけてみたいか（みたい
か）、
きっと怒りすらない、
ただの肌の色に、胸を突かれる）
わたしの、

耳のうしろは
陰口をもやすために熱く
かさり、かさりと、黒いススが足元にたまっていく
肩をよせてめくる
「大塚駅前」の写真がもっとも激しくて
窓から半分出ている男女のからだは
かがやくドブのようにまるかった

（「連詩大興行」二〇〇八年二月十七日）

屑と睦む

根がないから
頭上から空までが
四角く、ごっそりと、
金鍔のように他人が棲む
少しずつ飽きて
ふるえる手で糸を切ってくれてもいいが
おおきな家庭が
あなたを何度でも泣かせている

幸福でありますように
夜道はたった一度きりの
右足の出し方で

崩壊するからだの線をたどって
あいする意味を弾《はじ》いた
つまらない親指の銀河
そのままけんけんで
屑と睦む

朝までの騰落、一枚一枚と紙幣をめくり、
胃薬をのむあいつを笑って、風、

不吉な夢もみずに
一人前になれない、いま、眠る前に、
大量のユーカリを嗅いで
体温を、権利のまま、身体に戻したい
じっとりと固まる、
夜のそとがわで、
頁からおちた消しカスをまるめ
かがむ球児が
影のまま草原を切っていく

（「連詩大興行」二〇〇八年十月二十六日）

「初恋」

雪の上に生まれたわたしは
円周に沿って
不意に直角に除雪機に狙われることもある
そのあと、
がさりと、外耳を掻くような音に目覚め
心と　身体を、
間違えたら恋に落ちた

神様には
ぜんぶ喋った
それから、種を踏まないように
爪先だちで歩く、この、うしろには
小さな落とし穴が掘られていく

制止する声を
そうやって遠ざけた
くせに

標識も読めず
曲がり方も知らない
くやしくて五十音図を丸めてのむと
ゆっくりと細長くなって
棍棒になって相手をなぐっていた
という曖昧な供述には飽きている

よくわからないけど
生まれた日に、たぶん、
泣きすぎて赤く燃えてふくろうを撃ってしまった
だから破片のような夜を
人と間違えてしまうから
一日中、唱えられるような言葉がほしい

（「連詩大興行」二〇〇八年十二月二十五日）

案内人

葉から緑色が逃げだすほど
生茂るとは
枯れているようにも見えることで
わたしの森は
らせん状に降りていくとある
三軒目で洗濯する
女はいつか譲った恋敵であり
目もくれず、ふかく降りていくとある

三枚の絵は
水辺の舟と、マネの墓と、それから――
案内人は足をすべらせ
この森の穴で二十四から暮らしている
名前はない、ただ、黄色いTシャツに
卑屈な言葉が書かれている

ときどき無視していい声など
ほんとうにあるのかとおもう
「保育所」のようなカーペットに座りこみ
水のまわる音を聴いて眠る

こころに穴が空いているのは
この下に鍾乳洞があるから

あの、白い牙に
夢を喰われてはいないか

床に耳をつけ
怯えるその人の
貧しくてゆたかな目のなかに中立はあった
ゆるぎない、完璧な光の杭で
標本にされた友人もたくさんいる

翌朝、前かがみに折れて走る胸を
草がいっせいに刺していった
白い洗濯物がはためく
毛づくろいのふりで、転写した腹の文字を舐めている

（「現代詩手帖」二〇〇八年五月号）

土

尻にさっそく
土が残っていて
ぱんと払う手は男のように大きい
陽を見上げるときは
つい白目を剝いて
じぶんに睫毛があることに
微かに
傷つくような日は
落ちてよかったなと肩をたたいて励ます

「成長したら、男児になりたい」
書きつけて
焚き火のふりをして
後ろ向きで、し、ししむらを焼く
甘いもの、
からいもの、
しょっぱくて、

尖る口で
こんもりとした木の根から
すう、ふう、と二つ、白いものを吐いておく

耳をつけるひとの
やさしい飾り紐がのぞくこともあって
引いてみると
かくっと、関節以上に、
わたしをよろこばす傾れ
たくさんの死んだ赤目が詰まった
生きた土を
まだらに被って
うつくしく、汚れた顔が生えてくる

（「連詩大興行」二〇〇九年二月十七日）

四角い吉日

火ぶくれたこころに揶揄され
抓りかえす意地悪な下足の
さらに下にも、吉日はくる
新大久保の
参道で一歩
歌舞伎町の参道で二歩
やくざの陰りより、明るさのほうが好きだ

（いのちを買いたいなどという
上滑りのひたいに、無味な汗を見つける）

ぐらぐらと遊歩道に占われ
手厚い待遇も、冷遇も、まとめて
掌をふたつ、ひらいたまま置いてきた
あとは鈴で呼びだし
祈りすら消すと紙に帰ってくる
升目と目があう
四角い泪なら文字になるか

（「宇都宮文学」2号、二〇〇九年二月）

終焉

なぜ見るの、こころの突き当たりで靴をぬぐ、段差はすこし、一歩あがって、
低い水平の湖、縞模様に上方へだんだん増やしていくと、ハンガーの穴から覗く、わたしの空がある。みなもがぱちぱち鳴る、光よりも音が先に泡だつこともある、ということを、紙に、薬のように散らして、三角にたたんで、神経は穏やかに、終わっていく。握りしめて放った、草花の汁が爪を汚してうれしかった。泥をのみ、引っかかった小枝を
歯間からつまみだす、その仕草がすきだ。肩をさがして、挨拶の愛撫をする手がかたっと地に落ちても幸せであるという根拠が、極細の光にこもり、誰も信じないすがたで、
ときどき虹を真似て、すぐに逃げていく。どこへ。なぜ見るの。
この部屋には似顔絵があって、批判的なまなざしで、手をにぎり、連れていくあなたを初めてだきしめたいと思った。

馬の血、だれかと分け合って飲んだ
ひひん、と喉はいつも、小さく鳴っていないか
カラの声に言葉をそっと入れ
日本語に見立てたので、わたしの感情はてっていてきに
　一定している

突きとばした男の、下半身が泣いていた
泡を凍らせ、数年後にわたしは、腹に受け取ろうとした、できません、と拒む医者の清潔な襟と深い病いをちらり
見比べ、
まだ勝っているうちは治らない。
(水すら飲むなとだれかが言った、硬くしなびた裸体にこそ、もっとも原始的な性欲は待ち望まれ、
果てた馬の波立ったウムラウトの唇のかたちで生は終わっている)

(「現代詩手帖」二〇〇九年九月号)

笛

櫛の目が欠けて
不吉だからと捨て
整えない髪のまま、道行を羽織る
足のあたりから軽く
しんだ横笛を、左右から布でくるむと
穴のとおりに撓っていて
かなしい、雨は、
激しく
弔いを拒否する心の、疎まれる幼さで
物置に隠れ
もういちど、笛をふいた

白い手が円をつくって
つぶのような男子と蹴球をする
朝の、せんせいが見えた
わたしの肋骨で笛を吹く人がいて
だんだん寒くなる
肩、骨、ひゅるうりとくずれ、
つゆのように残る泣き顔をたすけに
走ってくるせんせいに
初めて、逆らう

（「東京新聞」二〇一〇年二月二十七日夕刊）

雪日（抄）

元旦、熊手に接ぐ腕が長く、あらゆるものを指して
動かない祖父の炬燵に
杏飴が載る、
（恩給を）拒み、英語を排して、
——決して　雪　いりません、と
あなたも拒絶するだろうか。温かい海に浸かりながら、
その太い腕はわたしにはないものであった。日焼けのあ
　とを辿って、
火曜日、政治の話をするわたしたちは分かたれ、
台湾の地図を遠ざける、鼻のあたりから

心がのぞけるでしょう、目よりも、あなたの
匂いする知らない者の嫉妬が中心を避けているだけだと
　しても、
口の中で飼う動物の舌を真似て zhou　zhou の音がどう
　しても言えない
ので、あなたを知ることができませんでした、
できませんでした人の悪癖など、他人よりも遠いからこ
そ
わたしはあなたでもあるだろうか、石蹴り。からだに
入らない、雪を突き返す、白天の海を、小さなコップに
　掬って、
催眠術　ゆすった、衣服の中でわたし
母の乳房に触った　点滅のようにあなたと乳房は
何かを交換し合って、動きを止めないから、
ai と発音する、少しみえた前歯からあなたの骸骨が――
私は
骨になりたいかどうか、必ず他人に
尋ね、決定されたい人と、繋がらなくてはならない
　　　　聞こえます、息の言葉で話をし
　　　　ようという
甘い夢は絶壁に躙じりより落と
　してきたので何も着ていない
（「ポエーム TAMA」70号、二〇一〇年一月）

箒

――たとえば「詩人を」

馬の毛を掻き分けて耳を出すと
人間のしぐさに似ている、と注意された
わたしの耳は小さいので、話が聞けない
途中で、解釈をいれ、みんなから疎まれている
掃き掃除が丁寧すぎて、疎まれている
　　適当に散らせておけよ、と
一人のちりとり師が愛想をつかし

だいたい、あのくらいから
箒になっていった
逆さに立掛けられ
ひらいた髪の根元がうすくなる
すべすべの柄の過去を
もう話す気にもなれない
握られるほど
その指を踏襲し、人であることをころし
耳が、小さいことを忘れていった
箒になった意味が全然わからないが
わからなくていいのだ
と楽しそうに笑う詩人なんて大嫌いだ
(「現代詩手帖」二〇一一年八月号)

セキユ

無人でのぼっていく
真空エレベーターについて
セキユの染みた袖が
汚れた指先が
どのように見ていたか
(来て、誘われる

月の砂漠の音楽が聴こえたら
赤い箱を置いておく
ざらざらした
キャップの錺に触れてしまったら
「先輩」の上着をだいたみたいな
初めてのふるえを
二台の自転車が、こっとと、倒れ

緑地にひろげた
円形スカートの襞に伏し
ち、ろ、り、ろ、と
セキユが鳴ることもある
とおざかる惑星に、照らされたうなじと

どこにも遣い道のない
（あなたは

らっしゃい、した、
語尾だけを光らせる店員のよう
置き去りの口に
まっくろな闇をそそぐ

（「現代詩手帖」二〇一二年六月号）

消防士

ガラスに恋した、あなたは間違っている、人でないあなた、爪でキリキリ神経に障る音を立てる、ごめんなさい、これから気をつけると謝るあなたは「いつ」だけが理解できない、どこ、だれ、は分かるのに、時間を知らないまま48歳になった、寿命はとっくに過ぎている、隠して嘘をつく目から水が垂れる、感情と表情を知らないあなたが受ける数々の誤解と誹謗は老いないまま、今日も稲の葉に水を注ぎ、陽を背に大きな口で笑った、あなたの手首を離さないわたしの顔を、不思議そうに見た。

あなたは言う、ぼくは消防士なんだ、関節炎、痩せた手足を揉みながら、弛緩した筋肉で、日課の水泳を終え、ぼくは消防士、48時間勤務を終え、いま戻りました、と焦点の合わぬ目でわたしに言う、あなたは消防士、動かせないあなたを突き動かす、ただひとつの現実、消防士。

（「別冊　詩の発見」13号、二〇一四年三月）

ぐるべら

汀のみぞに
生きていた手榴弾の
胚珠の目を濯ぐ

巨大な橋桁で裏がえす
あばらぼねの歩道に

くらい生殖と、透かし窓が灯る

そこは人工の浜辺で
ほかにも、
口のない爬虫類が硬いあしを捥がれても
ぐるべら、
と言ってなお去ることはない

春に流れ着いた
きんの繊毛の猿が
塹壕で干され、売られてもやはり
ぐるべら、
と言って去ることはない

これらやわらかな闘争について
身震いし、高速で回転し、
汗をにじりだして這うものがいるので
きつく注意すると、身をたたみ
こころになって去った

＊Female times Ⅲと現代詩手帖のコラボレーションイベント（Bunkamura Box Gallery）にて彫金作家久米圭子氏の立体作品に寄せた詩。

（「現代詩手帖」二〇一四年七月号）

蟹の悪口

炎天下、冷凍蟹を届けに、
向かった叔母の家で、
蟹の悪口をいわれ、
一匹残らず、うばいかえし、
ねたきりの病人と一緒に食べた

おまえ、ころすきか、というほど
塩辛く、だが、うまい、と笑った
それならば、と、
どんどん食べさせた
儀式のように、二人、向きあって、

おなかいっぱい食べた

次の日、あなたは死んだ
塩分の高い蟹を食べさせた
わたしのせいだ、
わたしも、
死ぬべきだ、
じぶんの腕をぎりっと噛むと、
塩辛かった

でも四度目のふゆ、とつぜんわかる
あのとき、わたしたちは、
蟹を食べつつ、蟹ではない何かを、
一生懸命、食べた
身をほじり、かきだして、
さいごまで、
うまいうまい、と味わったのだ

（「読売新聞」二〇一四年十二月十五日夕刊）

絵馬の馬

絵馬の馬を盗む
どうやって盗むのか
結び切りの端をほどき
たてがみや
つややかな首筋をかたどり
心がかしいできたら
すかさず引きぬいて
馬を渫う方法がある

それだけの出自
おもえば
ひとりのかしわ手はひとつ
ふたりのかしわ手はふたつ
どうやっても増えぬものが
朝からながい行列をつくり
ちんちろと、最後尾、
けものの毛が見えていた

鳥居から本殿までの
手綱の陣地は
影になっていた
胴体から蹄へつづく
しなやかな通路が四本あり
そこからもっとも遠い社務所に
目があるが
そこには知己の宮司が座っている

茂みに隠れ
鼻息で足元が濡れ
南北をたがえて頭を起こす
いっしゅんで崩れさるような願いのうえ
胸から腹にかけ
がらがらと絵馬がころげて
台無しになる
だからニスを塗り、よく均し、
馬は絵馬から出られない

（「現代詩手帖」二〇一八年一月号）

ひょっとこ

おとこが
喋っている顔を見ていると
口をつまみたくなる
指のとおりに、ふにゃりと、口がつままれ、
黙ったなと、思うと、また指を離し、
すぐさま動きだす口を
眺めて

ひがな一日暮らす
これが一生つづく
黙らせたいのか
喋らせたいのか
ががが、と
わたしにむかい
一直線に
掃除機をかけているおとこのからだに
思い出したように突進し

四つずもうをくんで
リビングのすみへ押しだす
ほつれたジャージが二組
物干し竿に掛けられ
なにもない中身を
ひらひらと
旗のように立てている

（「星座」二〇一八年四月号）

ハハキギ

星のない阿智村で
一本のはげしい木と、目があった
ぼうぼうと髪を振り乱し、
雨風とたたかうすがたが、
「母」のようであったから、
わたしは
むかし隣村に嫁いださびしい娘になって
ここにも、ハハキギ、
あそこにも、と
濡れるのもかまわず
路上へ出てまぼろしを数えた
闇に、星が踊るようであった

（「信濃毎日新聞」二〇一八年七月五日朝刊、県歌「信濃の国」制定
五〇周年記念企画「信濃の国を旅する」より）

わさびだった頃

ぽぽ、ぽぽっと
地中から噴射された
赤子のような湧き水が
おそるおそる波紋をひろげ
水の仲間入りをする
それから、わさびの根に潜りこんで
するすると茎をのぼり
葉っぱから　じわっと空中へでていく

その空気を吸って育った
とりわけ、わたしたち長野県民には
わさびだった頃の記憶がある
その証拠に
ツンとして、空を見上げ、甘くないふうをよそおって
ときどき、からさで、意地悪なやつをやっつけて
さびしい、などとは決して言わないで
じつは面白いことをたくらんで
ほこりたかく　葉っぱを揺らしている

（同前）

声の名所

かつてここは
ハラハラしながら忍び込んだ
青果市場の跡
ゴム手袋やら、包丁、まな板、シンク台まで
ごろんと地面に　転がっていたものだが、
当時のひとびとの活気ある声は
ビッグハットになっても
生きていて、
市場のざわめきから
オリンピックの歓声へ
ひき伸ばされた遠い声は声を生やし
頭上でおおきく振られる、興奮の手まで残っている
「ここに立って、耳を澄ませて、」
エンブレムのふもと
誰かの春先の手袋が、招くように掛けてある

（同前）

駐屯地

昨夜、からだのまわりに風をおこすような勢いで
紙とペンをつかみ
男が正座して、なにか書いていた

ヨハン　スローン　アナイス　メリ　ラフィーナ
アスト　イミル　モーラ　アレック

わたしの猫のために
40日間の有給休暇を申請をしてくれた
変わったひとねえ、と親戚はいった
妻は病院で看護されているからいいけれど
猫をだれもいない家に置いておくのは
かわいそうだから、と
上司に話した
ふだんまじめに働いているので
快く認めてもらえたのだ

エラス　アスト　セレンディア　マグヌス
ヨハン　グロリア　ベノニア　ローガン
モーラ

おののいて離れ
水をのんでいた
昨日は、除草剤をまく日で、
右隅のバラにはかけないで、と念を押したのに、
庭で、ひとのように細いものが
渦巻状に倒れている
わたしは、グッカァ、
グッカァ、と
最近聴いた知らない鳥の声を真似て
部屋中をはしって糞をまく

（ひどいじゃないか
　いいや、きみが、

瞼がうすくなり小鼻がひろがり
じぶんの顔をうしなっていく過程を
見られないように
ああやってうつぶせで眠る
朝、枕についた顔の凹凸をあつめ
洗面台でとりつけるまでの1分間

名前がないひとと
暮らしている

イミ　セレ　ウンラ　アスト　尻

家の南側は
すべて自衛隊駐屯地にとられていた
いつも片側へ出かけ、片側から帰っていく
むかしは米軍の大歓楽街で、
あのあたりに映画館が、
ダンスホールが、
ジューススタンドが、と
跡形もないものを指して心躍らせ
よけいに退屈をふかめた
「片側を返してくれないか」
と下品に手をだして金銭を要求し
生きている実感を刻む

アレ　アンジェ　セシリア　眼鏡

アレ、アレ、アレ！

あるいは地図を見ているのだろうか
紙の折り目をひろげ
南を確かめる構えをするとき
わたしは自己を中心においた
そのように身勝手で不遜で
地図を見るだけで簡単に周囲をなくすようでは
狂人と違わなかった
彼らは（いや、わたしこそは）
誤った信念に憑かれていた
まずは立ち上がるそれを薙ぎ倒し
グッカァと鳴いて北側から出ていく

（「ユリイカ」二〇一八年十月号）

焼納

古い姓が筆名になるまで
あと一日
「杉本」を
神社に返納する

わたしはなにも変わらず
なにもかも変わった
知己の宮司は神棚をもたせ
酒と塩を用意し、水をあたらしくした
ここに、戻ってくるのか
いいえ、戻る家などありません
あかあかと玄関が燃え
後ろ手でしめる
わたしははじめから帰ってはこない

火の戸のむこう
ちちとははが
破れた蛾を送る

あれほど恐れたこうふくが
もしも訪れたとしても
忘れぬように
かならずおまえに
蛾を送る

という祝詞が喩だとしんじて
しんじきれない生涯を
日暮れの境内にしゃがんで
ぽつぽつ
火にくべている
火照るほどやすらかな
ちちははの地獄をおりて
てんせいの
鉄釜
おぼえておけ
かならずおまえに蛾を送る

（「現代詩手帖」二〇一九年一月号）

ゾンビ

うすくあいた扉の陰に
四角い部屋があって
ときどき、談笑している父がみえ、
祖父がみえ、
隠れ、
声や、噂話だけが聞こえる
それくらいの、
少しだけ遠い距離が
朝寝の数秒に
はっきりとカーテンをのぼり
裾のほうから消えていく
そのおかしな人間関係のかたちまでも
なぞれるほど
なにか、窓の外のダリアのように
どうやっても枯れない
根が、土のなかでこっちを見ている

(いなくなることが
　できないんだなあ

くるしみを発するため
人には声だけが、あたえられた
夜になると呻いて
なにか、言いあらそって
他人が外壁に手を当てると
熱で、ぼこぼこと振動している

(「ポスト戦後詩ノート」19号(ゾンビ詩特集)、二〇一九年八月)

ご馳走

草食動物をおう肉食動物をわたしが
予めおう、細長い血の夢を見て、
室内がにおっている、
カーテンの重さから覗く外の世界は、
老いた秋に身を縮め、死を恐れる外套で、

今年も戦闘の準備をしている
寒くなりましたね。ええめっきり。
挨拶という暗語を交わし
「すぎもと」という名を手渡されておののく
（その切符を、握りしめ、
　この世に、追い出されて、きたのだった）
表札を風に吹かれ、
暗い鍵をまわすと
健康な人が、口元に脂を光らせて立っている
どうだ、まいったか。
いいえ、なんともない。
抗議に湿る手紙を、たらふく胃に突っ込んで、
うすい目で、年の瀬のご馳走を睨んでいる
（「影・えれくとりっく」８号、二〇二〇年十二月）

寮生

二段ベッドのカーテンを閉め
待ちかねたひとりに帰る
布団の襟に実家のにおい
こころぼそくなればなるほど
なぜかよく眠れる
朝は一度も来たことがなく
夢のなかだけで生きていたこともある

真下は新潟、斜め下は山形
十日町は
布団に正座して
ここから出せ、と壁をたたいた
福井はシャッシャッと
激しくカーテンを開け閉めする
監獄か、墓地なのか
夜中はみな精神がゆらぎ
獰猛にからだの線を濃くした

そんな、昔のことは知らない、と
母がチャンネルを変えた

婚姻届を出した日のことも
お宮参りの日のことも
若いころから、覚えていない
ふりかけごはんばかり食べさせて
栄養が偏ったこどもは
濃くするほどのからだもなく

三県のほかに
長野がいた
壁もたたかず、カーテンも開閉せず
じっと母の声を聞いていた

（「文芸埼玉」104号、二〇二〇年十二月）

百億年の家

だんだん、喋るようになってきた
家が、
「おいで」と言う

中へ
さらに中へ
旧い通学路のような小道をまがって
あぶらむしの大群をくぐり
渡り廊下の、やねの下
ある者は
唐傘をたたみ
ある者は
軒先に蓑を干して
中へ消えていったことを思い出す
（さんこ、さんにん、いっこずつ）

たのしい呪文がひびいて
今はれいわ
かぞくさんにんの
木陰の生活がはじまっている
生まれたばかりの
子のからだのまぶしさを
覚えておきたいおとうさんと

おかあさんが
搬入前の
はだかの家のすがたを
しんと目に焼きつけている
（さんこ、さんにん、いっこずつ）

日暮れのガラス越しに家は
入れ子状にさんこ重なり
それぞれの部屋にいるのに
同じ部屋で過ごしている
「コノヒモホドイテェ　オトーチャマ」*
「ココハサミデキッテェ　オトーチャマ」
黒田三郎も
むすめの小さなユリも
ふたり机を並べて座る
この世でもっともうつくしい
我孫子の「夕方の三十分」を
じっと見つめている
（さんこ、さんにん、いっこずつ）

おいで！
ときどき渾身で声をはりあげて
呼ぶのはなぜなのだろう
東回りに
花のない中庭と
犬のいない犬小屋と
誰のものでもないたまごをみっつ
指さし確認し
わたしたちはひとみを合わせた
百億年たったら
この家にもどってくる

*黒田三郎「夕方の三十分」から引用。
（詩と建築の企画展「謳う建築」（寺田倉庫）にて堀部安嗣「我孫子の家」とのコラボレーション作品、二〇二〇年十二月）

確認

やわらかい腿をひっぱり
せなかの肉をつまむ
ヒゲをくわえ
そっとひっぱってみる
手のひらを押して爪をだし
どんなカーブか調べる
鼻をつまみ
ちゃんと口でも息をしているか調べる
耳の先を唇ではさんでひっぱる
ふさふさの胸に鼻をいれる
寝床からむりにひっぱりだす
乳の数をかぞえ
臍がない、などともらし
睫毛があることに感動する

（わが猫もみじについて　制作年不明・「交野ヶ原」92号、二〇二二年四月）

＊

とけいのはり

3の5　すぎもとまいこ

とけいのはりは、
人がしらない間に動く。

「どうしても見たい」

でも、あきてしまう。

「どうしても見たいなあ」

といってじっと見る。

すぐあきてしまってちがう方を見る。

しらない間に5分たつ。

やっと動くのを見た。

「やっと見えたぞ」

「おもしろいなあ」

「もっと見たいなあ」

でもその時はその時で、
すぐ見たくなくなる。

わたしはあきっぽいのかな。


（一九八一年）

散文

動物を育てる　光の切符によせて

――第58回H氏賞〈受賞の言葉〉

『袖口の動物』は私が散文や批評を書き始めてからの詩集となります。第一詩集の『点火期』のときは詩のほかは卒論くらいしか書いたことがなく、そんな私にとって書くことを巡るこの変化は大きなものでした。

厖大な詩集を読み、批評を書くようになった一年目は、免疫のない身体にいきなり他者という〝ウイルス〟が入ってきて暴れだすようなもので、その獰猛な力によって私はいちど精神的に壊れたような気がします。けれどもこの過程そのものが、自分にとって必要なものであると強く信じていました。

私はもともと饒舌な詩はあまりすきではなくて、ピンセットで息をとめるようにして言葉を、「正確」に置いていきたいという思いがあります。読点、余白も含め、彫刻刀を滑らすように一文字も動かせないところまで、時間が許すなら個々に発表する作品も徹底して磨きたいと思うのです。けれどもこの態度は、ある境界を越えると禁忌にふれるので覚悟が必要と知りました。つまりその先には言葉すら邪魔になる領域が存在し、もはや自分のものとも思えぬ指先が、〝完全な沈黙〟をめざして一文字もなくなるまで消そうとする。第一詩集の直後、ふと覗き見たのはここでした。

無意識の「死」への欲望が露呈したようで、生きながらこの領域を一瞬でも覗いたことに震えました。それでも、ここをずぶとく振り切っていくためにはやはり言葉しかなく、だからこそ他者の言葉と散文の夥しい侵入や、それに打ちのめされることさえも歓迎したのです。ひょっとしたら二重の意味で私は壊れたのかもしれませんが、それは「死」と抗う別の新しい何かをひっそりと育てることと同義です。その何かが、今回の詩集にもしも現れていたなら、いっそううれしいことと思います。

紙幅があるので書きますが、受賞の知らせの一分ほど前、自宅の犬が二回、東の方角を向いて四肢をふんばって小さく吠えました。ありふれた推論ですが、人間には見えない何かが近づいてくる気配を、彼は少し畏れながらも覚悟して見据えていたようです。あんなふうに窓からすっと入ってきた透明なものを、私もまた詩によってつかんでいきたいと改めて思います。

そのためには、人間という枠組みをはずれ、無形生物のように漂い、風であるなら地表すれすれの低さを吹くものでありたい。あるいは「粘土」のような生き方。誰かに捏ねられる前夜、未知のかたちを秘めながら黙ってそこに在る、整ったかたまり。それが微かに放つ鋭い光に惹かれます。そしてこのように願う私のこころは、慎ましいようにも見えて、じつは自分が入り込むために対象に身を開かせることを当然と考える傲慢さを持つものです。

さらにいえば、私は自分のことについて、社会に対し口に出して言いたくなるような不平や不満はありません。生死以外は自分が選択したことと思っているからです。これも傲慢とも、謙虚ともいえる考え方で、このようにすべてを自分自身に引きよせて受け入れることで、私はつねにくるしく引き裂かれ、多義性を生きることになります。しかし、何ものでもなく、何ものでもあるためには、この身の置きかたが必要であり、なにより私は幼い頃からこの視点のほかは求めたことがないので、これを信じていきたいと思います。

また、こんなことも自分にいっておきます。言葉を大切にしなければならない理由を尋ねられたら、日本語を守るためよりも、言葉があなたの感情を規定しているからと、小さな当たり前のことを最初に答えたい。そのように〝誰か〟という切実なものへ身を寄せることを、どんなときも手離さない詩人が私にとっての詩人です。

——このたびは、光の片道切符をいただいたとも思っています。空港は自分でさがしますが、これを持ってどこまでも、手のふれられない「詩」という星へ懸命に近づいていきます。

（『現代詩 2008』二〇〇八年日本現代詩人会刊）

三日間の石（抄）

伝書鳩

「これを飲むとばかとでぶが治るから渡しなさい」

ある「男」のもとを訪ねると、帰り際、めずらしい効用がある、というお茶を二つ持たされた。自分が飲むと天才になってしまうから飲めないという。

渡しなさい、というのは、ある「女」へである。説明しておくと、この二人には以前から深い因縁があって、私は子どもの頃から、伝書鳩のように、彼らのあいだをバサ、バサ、と都合よく飛ばされている。

「まさか、そんなこと言えませんよ、第一、ばかでもでぶでもないですし」と断ると、「大丈夫だからちゃんとそう伝えるように」と余裕の笑みで念をおされた。

翌日、「女」のもとを訪ね、かなり躊躇したが、勇気を出して言われたとおりに伝えた。すると、意外にも、

「どっちのお茶でばかが、どっちのお茶ででぶが治るの？」

と質問された。おかしな反応だった。いやな予感がしてきたところへ、タイミングよく「男」からの電話が鳴った。ちゃんと伝えたかどうかの確認である。

「伝えたのですが、どっちがばかでどっちがでぶか、と本気で質問しています。でも、私としては、そういう問題ではないと思うのです。なんだか二人とも、言っていることがおかしいと思うのですが……」

すると、「男」は、まったく動じることなく、

「だから、こっちがばかで、こっちがでぶでね……」と説明する。

いったい、どういうことなんだろう。そもそもそんなお茶なんかこの世にあるものか、と思ったが、仕方なくまた「女」に説明した。すると、ああ、そう、と静かに呟いて、台所へと入っていった。どうやら、お湯を沸かしているらしい。

「はい、これを飲みなさい」

そう言って微笑むと、しろい湯気の立つ湯呑を私に差

し出した。一口飲むと、身体があたたまった。

そういう問題が、どういう問題なのかはわからないが、伝書鳩にはそれ以上考えられないことであった。ごちそうさま。そう礼を言って、またバサ、バサ、と飛んでいった。

花の事故

強風の赤坂で、別れ際、手提げ袋に小さなフリージアの花束を入れてもらった。奥に詰め込んでは花が傷んでしまうので、角度を何度も確認し、慎重に袋に収めた。

風はごおおと外耳を暴れ、身をかがめて坂道をのぼる。ようやく目的地に着いて、鞄をおろし、手提げ袋を見ると、花束がない。

まさか風で飛ばされた？　とたんに背後が真っ暗な闇で切れた気がした。急いで、来た道を引き返し、道端に目を凝らしていると、花束はあった。車に轢かれて、紙きれのように平たくなっていた。

花束が交通事故に遭ってしまった……。一緒にいたひとがぽつりと言った。すぐさま抱き上げ、胸元へもってくると、轢かれた花束のすがたは不意に鋭く私を切りつけた。花は人なり——それは初めて視覚化された、踏みにじられてくしゃくしゃになった心でもあった。かわいそう、という普段はあまり使わない形容が、換言できないものとなって、口から零れつづけた。腕のなかでぺしゃんこになった黄色い花弁をそっと撫で、花の顔を見つめた。たしかに顔があった。目さえあった。そのときフリージアは、私にとって花でありつつ花ではなかった。

周囲を見上げると、首相官邸、国会議事堂がある。立派な建物であるほど、冷ややかで、轢かれた花束とは何の関係もないことを主張する。相変わらず風は強く、吹き飛ばされそうなほど、からだを押してくる。早く帰ろう。今ならきっと間に合う。

電車に揺られながら、最近、知らない女性に話しかけられることが多いことを、なぜか思い出していた。それも、ねえ、と、きまって私の右腕をとつぜん軽くつかみ、尋ねてくるのだ。

「ねえ、そのコート暖かそうね、どこで買ったの？」

「ねえ、先日あのお店でこんな怖いことがあったのよ」

「ねえ、娘の謝恩会の衣装をレンタルするんだけど、あなたならどれにする？」

「ねえ、私、御殿場から来たんだけど、山のほうと気候が違って、こんな格好してる人っていないのね。恥ずかしいわ。ところで、この辺りに花屋はないかしら？」

悪い気はしなかった。むしろ、何となくうれしかった。ただ、こんなことがずっと続いているのは奇妙だと思った。とくに花屋の話は止まらず、三十分くらい聴いていた。葬式に行くと言っていた気がする。花屋と葬式。私とは全く関係のない話だったが、交通事故に遭った花束を抱え、これから何かをしようとしているこの状態は、彼女の比喩だろうか、と考える。

水のなかで茎の先端を鋏でカットし、空気に触れないように花瓶の水に移すこと。それを続けると切花は長持ちすると、以前、知人の華道家が教えてくれた。その通りに、フリージアを注意深く花瓶に移す。傷口から滲む花の血を紙で吸いとる。あとは何？　何が必要？　すでに傾いた太陽の光を、引き伸ばすように花に浴びせる。


夕方、別室から覗き見ると、花弁が二枚、微かにふくらんでいた。まだ生きていた。これからしようとしていた何かが葬式ではないことが証明され、知らない誰かと私の道は安堵のなかで分かたれた。

「誰かの比喩になる生なんてないのよ」——傷だらけのフリージアは誇り高く香ってみせた。重なりそうで重ならない、あまい距離をのこし、固有の生のすがたのために、私もまた、フリージアと分かれる。

三日間の石

子どものころ、掻巻布団が、怖かった。それは、人間の形をしていた。うつぶせに、大きく広がって、敷布団の上に、乗っかっていた。次に見たときは、祖母と一体化していた。あの生き物のようなものは何なのか。ドア越しに見えたとたん、踵を返し、家の階段を駆け下りて逃げた。

そういえば、今年の夏は、生まれて初めて花火を美しいと思えなかった。遮るもの一つない席だったのに、ちっとも胸に響かないことが奇妙だった。顎を少し上げ、じっと見つめている対象は、目の前の花火であると同時に、自分のこころでもあるのだろう。きれい、と素直によろこぶ気持ちも、空には映写されている。そのとき私はどうしようもなく不機嫌だったのだ。

夕暮れ、新盆の準備をしながら、そんなことを思いだしていた。茄子と胡瓜に割り箸をさして、死者になった父の乗り物をこしらえる。これがうま、これがうし。門提灯を開き、玄関につるす。松の割り木を用意し、迎え火を焚く。

火をつけること、これが難しい。マッチ棒がアスファルトに散乱し、風が指の方向に炎を寄せても、諦めずに、マッチを擦る。あっという間に一箱がなくなる。ライターのガスもおわる。だって帰ってくるんでしょう！　ちくしょう！　という子どものような地団駄を踏む。

それから、呼吸を整え、正座して、経を唱える。なんとなく、外出ははばかられたので、翌日から三日間は、家に籠ることにする。待つこと、迎えることが自分の仕事だから、窓を開け放ち、灯りを絶やさぬように、家の番人に徹する。

テレビから、Uターンラッシュのニュースが流れるころになると、お盆はもう中盤を過ぎている。まだまだ、あと一日ある。動かないこころが、半分、石のように硬くなってくる。待つことは、石になることでもあった。

最終日、送り火の時間を迎えるころには、私は窓際に置かれた石であった。石は、そろそろか、と起き上がり、鉢に割り木を積んでいく。乾いた木はくやしいほどに軽い。縦横に編むように並べていくと、案外高く積める。風が吹いて、崩れたら、もう一度、始めから並べていく。

「来年も、待っていますから」

手を合わせ、決意を固めて、火をつける。燃える木はうねうねと身を捩り、短い時間で焦げていった。燃えさしを点検し、隈なく火をつける。儀式の時間を引き延ばすように、全部、黒い灰になるまで、立ち去らない。うそ寒い風が、頬を撫でていった。

家のなかに戻って、柱や壁、仏壇、カレンダーなどをぐるりと見回す。石はまだ人間に戻れず、正座したまま、動けずにいた。明日からの予定も、生活も、まだ考えることができない。

「お茶でも飲もうか」

奥の座敷のほうから、他人の明るい声が立ちのぼり、誘われて向かう途中で、鏡を覗いた。数日間でごっそりと歳をとったように見えるが、たしかに私であった。

石はこのようにして、「私」と再会し、肉体というやわらかな衣服を被る。これが私の肉体か、と腕や脚をしげしげと見て、動かし、ウォーミングアップする。跳ねたこころが、ふと言った気がした。

「生きてるっていいね」

脚の付け根のうちがわに、ごつごつした動物の背の感触が残っていた。精霊馬に乗って、この世に帰ってきたのは、私なのではないか。闇のなかでちろちろと揺らめく火を追って、夢中で走ってきたのは、私なのではないか。

もう誰も待たなくてよい。もうおまえは待たなくてよい。

涙を流し、訴えてくる声を残し、今年の夏が、初めておわる。

オバQ線

私にとって「オバケのQ太郎」は、かわいい、というイメージで占められていた。その自分のイメージのまま、誰かに、オバQに似てるね、かわいいね、と褒めたところで、普通は伝わらない。ムッとされ、おこられるのがオチだ。でも、そんな私のイメージのままに、言葉を受け取って、いつも笑ってくれていた友達がいる。

名前は泉。いずみ、いーちゃん、そのときの気分で呼び方は変わった。高校一年生のときに同じクラスになり、すぐに仲良くなった。小柄で、手が小さくて、その小さな手を打ち鳴らし、面白いことを言ってはゲラゲラと笑っていた。自分のことよりも、他人のことばかり優先していて、彼女のスケジュール帳は、友達の買い物の付き合いなど、何かの「付き合い」でいっぱいだった。そのことにたぶん嫉妬さえしていた。ひとり占めしたくなるくらい、彼女のことが好きだった。

卒業後、私たちは進学のために上京し、いーちゃんは埼玉、私は東京に住んだ。大学は違ったものの、しょっちゅう行動をともにしていた。東京で新しく友達になった人たちに、私はこう言って彼女を紹介していた。

いーちゃんっていうの。オバQに似てるの。かわいいでしょ。

なんて失礼な紹介の仕方なのだろう。けれども、いーちゃんは、「はいっ、私がオバQです、よろしく！」と、笑顔で挨拶していた。「まいこったら、靴になれって言うんだよ」と自分からオバQネタを付け加えることもあった（オバQが変身できるのは唯一、靴である）。

小田急線をオバQ線と言い換えただけで、なぜあんなにも面白がることができたのかわからないが、小田急線！　オバQ線！　と二人で手拍子しながら歩いて、新宿から小田急線に乗って、江ノ島へ海水浴に行ったことがあった。日焼けしすぎて、帰宅してから、二人とも、ひどい熱が出た。一人暮らしの部屋で、浴槽の冷水に我慢しながら浸かっていると、いーちゃんが、自分も熱があるというのに埼玉県から駆け付けて、お尻の皮を剝いてくれた。直径十センチの皮をきれいに剝けたことを喜び合い、勿体ないので、しばらく窓辺に飾っておいたりもした。

そのころ、女友達とよく競い合ったのは、出産の痛みをどのくらい恐ろしく表現するか、ということだった。経験者から聞いた話を持ち寄っては披露し、みんなを震え上がらせる、という遊びは、いつかは自分たちも経験するかもしれないこととして、真剣なものでもあった。よく聞く表現に、口を横に思いっきりひっぱったくらい痛い、というものがあるが、それくらいでは生ぬるく、一位を獲得したいーちゃんの表現はこうだった。

「上唇を両指でつまんで、上へびーとひっぱって、そのまま頭から被っちゃうくらい痛いんだってよ」

みんなの指がいっせいに上唇にむかう。恐る恐る、上へひっぱりながら、なんで被っちゃうの、被ることないと思うけど、と机を叩いて爆笑した。

詩を書いていることを話したのは、出会ってから十年も経ってからだ。いーちゃんは少し恥ずかしそうに、当時流行っていた、山田かまちの詩集を差し出した。誕生日プレゼントだった。詩を全然読まない友達から、詩集をもらうことは、どこか罪深い気持ちもした。でも、彼女が書店を回って詩集を買っている姿を想像すると、そんなつまらない思いは消えた。

協調性がありすぎて、自分がない、なんて批判されたこともあったという。それは違う、と言いたいところだが、実際のところ、いーちゃんのそのわからなさが、魅力でもあった。ただ、人のために何かをすることが、自分自身のよろこびに繋がる、という稀有な光を、現実に感じさせる人だった。

いーちゃんは、今年三十九歳でこの世を去った。また、オバQと呼んでも、笑ってくれるだろうか。いま思えば、信じられないようなことだ。私が持っている言葉のイメージを、そのまま温かく、受け取ってくれていたなんて。

(『三日間の石』二〇二〇年響文社刊)

母とわたしの「戦後」

家族について、どうしてもわからなかったことが、何十年も経て、突然わかる。そういう経験はないだろうか。

私は幼年時代、祖父母、父母、叔母と過ごした。六人家族だった。長い間、父がいばっていたような気がしていたが、最近になって、そうではなかったと思うにいたった。むしろ女のほうが強く、父はそれに甘え、わがままに振舞っていたのだ。

一家の中心にいたのは大正生まれの祖母だった。今でいうキャリアウーマンで、長野県の高等女学校を卒業後、結婚し、自ら飲食店を立ち上げた。モダンな女性で、どこかアナキストの伊藤野枝と重なるようなあたらしさを身にまとっていた。そんな母を持つ叔母(父の妹)は、十代の頃から台所に立ち、家事を完璧にこなした。祖母の影響からか、池坊華道、箏、ペン字など、学びにも積極的で、私にとって憧れの姉的存在だった。

そんな祖母たちの姿は、母には強烈なカルチャーショックだったにちがいない。母は秋田県の旧家出身で、使用人や女中さんが家のなかのことをやってくれる環境に育った。そのせいか、かなり浮世離れしたところがあって、私に家事を手伝わせようとする祖母に疑問を抱いているようなフシがあった。「真維子にも家事をやらせなさい」と祖母に言われたとき、母はただ黙って必死に守るように私を抱き寄せた。腕のなかで母の無言の抗議をひしひしと感じていた。

そしてある日、母はこんな無謀な宣言をしたのだった。――「娘が成人するまでは家事は一切やらせません。代わりに私が全部やります」と。つまり母にとって家事とは女中さんがやることであり、自分の娘にやらせるなど到底考えられないことだったのだ。

このような決意に至ってしまった母の背景を、父方の親族がどの程度知っていたかはわからない。父は生前「お母さんは何か隠してるんだよなあ」とのんきにぼやいていたが、ひょっとしたら父は詳しくは知らないままだったのかもしれない。戦後、母の父は若くして病死した。そのあたりのことは、当時思春期真っ只中だった末娘の母には心のきずとなっていたようで、家族のなかで太陽のような存在の母だったが、故郷の話題に触れたときだけ一瞬表情をくもらせた。そして、昔のことは昔のことであり、今がすべてなのだ、という振る舞いをどんな局面においても見せた。母方の親族たちもみなそのような振る舞いで、ふんわりと奥ゆかしく微笑むばかりであった。

そんな母のペースにすっかりのみこまれた私は、知らぬ間に母の生育歴を意識の外へ追い払い、母がなぜ家事を教えてくれなかったのかが全然わからない、という状態になった。そのわからなさは、社会に出て自分が周りの人と違う、と気づいたとき、怒りのようなものとなって一気に爆発した。ネグレクト？　毒親？　既成の言葉にはどれにも当てはまらず、その手の本を読むほどに私は余計に孤独を深めた。まだ子どもなのにお湯を沸かせるなんて危ない、玄関を掃かせるなんて寒いのにかわいそう――。母は純粋に慈しみの心だけで私を育てた。

結果、私は育てられたとおりの家事が苦手な人間に仕上がった。四十歳を過ぎるまで包丁も握ったことがなく、料理には出汁が必要ということにも、お肉が部位によって味が異なるということにも、気づかずに生きてきてしまった。そのせいか、結婚後も世間に慣れるということがなく、スーパーマーケットへ行っても野菜の艶や白さに心を動かされて、まともに買い物ができない。艶やかな茄子を包丁で切るなんてとてもできない、と思ってしまう。しかしこの結果は、私を家事の苦労から守ろうと必死に慣れない家事に挑んだ、母の努力の証しでもあるのだ（逆効果だったけど）。

親のせいにするな。そう説教するひともいるだろうが、環境は子どもの力では変えられないので、その意味ではやはり親のせいかもしれない。家事に限らず、幼年期に教わらなかったことを大人になってから努力して覚えても、基礎がないのでしっかりとは身につかない。そのもどかしさは筆舌に尽くしがたいものだ。

だからのちにこの件をめぐって、母にさんざん疑問を投げかけた。心の底からうったえた。しかしむなしいのは、親というものは自分の子育てについてロクに覚えていない、ということだ。親子間にはいつもそんな理不尽さがつきまとい、結局ひとり歯軋りするしかないのだった。

けれども、最近ちょっとしたきっかけによって謎が解け、私のなかで滞留していたものがようやく動きだした。私の母譲りの世間知らずの部分は空虚ではなく、母の戦後の傷跡や矜持が潜むものだった。そこが詩の種の土壌にもなっていた。私の内部がじわじわと充満していくようでよろこびを覚えた。こうなるともう、ありがとう、というほかないのだから、つくづく母には敵わないのだ。

（「日本経済新聞」二〇二四年二月十八日朝刊）

作品論・詩人論

一九一〇年の杉本真維子

瀬尾育生

第一詩集『点火期』には、同じカットが二か所に挿入されている。一㎝四方ほどの小さなもので、目次脇に「Kandinsky: DREISSIG より」と記されている（dreißig =30）。二つのカットは全九四頁の詩集の、十七頁目と三九頁目に置かれている。不思議な位置だ。

カンディンスキー「Dreißig」は、一九三七年に描かれた。バウハウスが閉鎖されて五年、彼は国外に出てパリ近郊に住んでいた。死の六年前である。「抽象」についての初発のアイデアを書き留めた『芸術における精神的なもの』が刊行されたのはその四半世紀以上まえの一九一〇年。——絵は世界や対象を必要としない。色や形は外からやってくるのではない。それらは対象から写し取られるのではなくて、もっぱら「内的必然性」からやってくる。

詩集にカットが挿入された二か所のうち、第一のものの後に置かれた杉本の作品は「朱色に熟れるランドセル」である。《鳥ヨ、トベ、／石ヨ、ウゴケ、》。カンディンスキーによれば、色は、生が自分自身を感じとることだ。暖かさ（黄）と冷たさ（青）、明るさ（白）と暗さ（黒）がその基調色である。黄は、生として過剰になると赤や朱に移ってゆく。青は黒に向かって「深まる」。それは背を向けて遠ざかってゆくものの色だ。緑は青と黄の混合であり、安定と不動の色である。

『点火期』には多くの色が出現する。題名としては「発色」「緑色の川」「藍色の家」。「ひまわり」というのもある。作品のなかには《黒い／群れが／一斉に飛び立つと／背中だけの人がいる》（「声」）《わたしの／一本のしらがは／とおい物語を聴くように／うっすらと黒みを帯びて／ひだりまわりに裂けてゆく胸の／ちゅうしんに赤い／鳥の足がとまる》（「発色」）などの行がある。

カンディンスキー「Dreißig」は、画面が6×5の枠で区切られ、そのひとつひとつの区切りに標本のようにフィギュアが収められている。カットとして採られたのは右下端、30番目のもの。黒い●を頭にして羽をたたんで留まっている鳥のように見える。このカットが詩集中もういちどあらわれるのは三九頁。そのカットの次に始まる作品の題名は「28番目の、」という。

《22番目の折り目》から《27番目の折り目》に向かって作品は進む。一九九三年から一九九七年までの時間が作中ではっきり名指されている。それは杉本真維子が、金融関係の会社勤めをしていた五年間に対応している。あるときとつぜん、現象学的還元の方法が詩的言語に関係していているにちがいないという直観におそわれる。仕事をやめて大学に入りなおそうと決意する。九七年、詩作と並行してフッサールを大学で学ぶことがはじまる。一時期卒論制作のために詩作が途切れるが、この「28番目の、」はその中断の直前の、「現代詩手帖」への投稿作品。二〇〇〇年九月、選者は岩成達也である。火が青い花に燃え移り23番目の折り目から花びらを順に燃やしてゆく。《27番目の折り目。これが最後の折り目だった。燃える花の匂いは決別でしかない。火は最後の花びらにさしかかった。全てが燃え尽きた。それは、灰だった。塵だった。捨てた。捨てるしかなかった。次の折り目はなかった》。

＊

杉本真維子の詩には「秘密」の次元があるのではないかと思う。それは何かある事実があったのにそれが隠されている、という意味ではない。そこに書かれたことが全体としてひとつの「秘密」の形になっている、というような意味である。父は母について《お母さんは何か隠してるんだよなあ》とつぶやく(「母とわたしの「戦後」」)。この言葉は作者の読者に対する「秘密」とも、書き手自身の自分に対する「秘密」とも置き換え可能である。「秘密」は作品のなかに「謎」としてあらわれる。この謎をつきとめようとすると、杉本の詩のなかにつねに立ち込めている感覚——語り手がつねに問責されているような、由来のよくわからない問責の感覚——につきあたる。

フッサールが「詩人と現代」と題するホーフマンスタールの講演を聞いて、そこに自らの哲学的方法との相似を感じとり、講演者あてに熱のこもった手紙を書いたのは、一九〇七年のことである。杉本の散文「地平／星座（1）」（2004）によれば、この手紙のなかでフッサールは、自分の方法についてまだ「還元」という語を使わず、たんに《私の現象学的方法》と呼んでいたという。

「還元」ということの語がさすものを杉本は「正確に」語りたいわけではない。研究論文が必要なわけではない。その言葉が自分にやってきたときのその「動かしがたさ」を、必死でとりだそうとしているのだ。《むしろ、それを追うことで浮かび上がってくる細部、なかでも「地平」という概念は、「内的状態性」の重要な構成要素であるように思われ、もっと言ってしまえば、たとえ構成要素であろうとなかろうと、わたし自身が「地平」という概念に強く惹かれ、いつでもそこへ帰りたがっていることを痛切に自覚した》（同）。いったい何が杉本の心を捉えたのか。とりわけこの「動かしがたさ」の核心に「地平」という、哲学的にはとくにポジティブな意味を負荷されているわけではない語が置かれていることが重要だと思う。──さまざまな対象で満ちている客観世界に現象学的還元をほどこせば、対象・世界を支えていたすべてのドクサは消え去って、意識の「志向性」だけが先住権をもっているような、純粋意識の流れが残される。「還元」のあと世界はどのようにして再び意識にあらわれてくるか。意識の志向性は、あるものを自らの経験として選択する。そのとき他の対象、他の経験は、中心となる対象や経験の「背景」として、「地平」として潜在性のなかへ引き下がってゆく。それらはたしかに意識の視野によってとらえられてはいる。だから志向性がこの潜在性のほうに向けられれば、それこそが対象として、顕在性のなかにはいってくる。こんどはその残りのものが背景へ引き下がってゆく。意識の志向性は、こうして顕在的なものをこえて無限に潜在性のなかへ光をあててゆく探照灯のようなものになる。──このことが、「現象学的還元」に遭遇したとき詩人に降りかかった直観の正体だったのだと思う。

杉本の詩のなかで、潜在するものの地平にとつぜん志向性の光があてられて、顕在性のなかへ突出するときの感じに、読者はあちこちで出あうにちがいない。《あははねえっ（……）ねえやってみてやってってほらいいから／殺れや！》（「ひまわり」）《いままでなんのために……なんのために　………生きてきたんだっけ〃ぬああ》（「果て」）《ねえ耳かして、／死んで二度と生まれてくるな》（「やさしいか」）。

＊

「内的星座」「内的天球配置」「内的状態性」「内的必然性」――ホーフマンスタールやフッサールによるこれらの「内的」な方法の発見は、世界大戦を目前にした一九一〇年前後に蝟集している。もうひとりリルケに触れると、散文「夢の本より」が書かれたのは、先のホーフマンスタールの講演が行われたのと同じ一九〇七年のことである。夢のなかで、主人公は夢の住人である少女に激しく問責されている。この問責が、もはや主人公の忍耐の限界を超えようというときに、とつぜん隣の部屋で激しい音がする。何ものかの声の塊りが、薪のように束ねられて扉に向かって投げつけられたかのようだ。主人公と少女とは、自分たちの内面のはげしい葛藤が、とつぜん隣の部屋に「出現」したことに戦慄して、その場に立ち尽くしている。

フッサール自身は「地平」というものの潜在性に触れて、それは「庭」であっても「家」であってもよい、と述べていたと思う。それが「隣の部屋」であってもよいはずだ。志向性が向きを変えると、この私の内面が隣の部屋に、別の場所に出現するのである。

杉本の詩のなかの出来事の特徴は、あることの結果が、離れたところ、別のところに出現することだ。《逃げてもいいのに逃げなかった》（「肉屋」）というのは追い立てられてゆく動物たちについて言われているが、その痕跡は肉を買ったわたしにおいてあらわれる。最終行にはこう書かれる――《やはり正確に、薬指がきえている》。数行前にこの人称交替を予見させる「言い間違い」が記されている。《売りさばく部位を決め／買い物かごをゆすった》。売り手と買い手の人称が入れ替わっているのだ。

みんなで皆神山に出かけて、そこで群発地震の痕跡や松代大本営の遺構を見学する。詩のなかでは、この見学行についてただ一行《よい思い出であった》（「皆神山のこと」）と書かれているだけだ。話題はさっさと別のところに移ってゆき、大本営設営の際の強制労働は、ようやく十八行後に、詩のなかに戻ってくる。その間、詩の意識はまったく別の方向に向けられている。《皆神山のふもとにすむ／こやまというひとに》、近親の死について《片手落ち》という、社会的に否定的コノテーションの大きな言葉でなじられる。このことは主人公にとって心の傷となったに違いないが、ここでもこれに続く行は《あれは、鼻歌のような／陽気な吉日》と書かれている。詩はそのあとまったく別の方向に移ってゆき、そして三四行後に、強制労働の話にかかわって、この同じ《片手落ち》の語が回帰してくる。——起こったことが、起こった時間と場所とはまったく別のところに痕跡を残すのである。

＊

ホーフマンスタールは、一九〇三年「詩についての対話」のなかに生贄《オプファー》の場面を書きつけている。感情移入Einfühlungは決して他者の身になって考えるというようなことではない。まして動物になりかわって語る「擬人法」という言語上の修辞ではない。それは動物のからだを切り開きそのなかに入り込んでその動物の存在となって感じることである。身代わりの動物とそこで一緒に死ぬ、という太古の記憶なしに犠牲《イケニエ》がなりたつことはない。この存在交換の儀式的な記憶が、詩的な修辞の根源にかならず存在するはずだ。

杉本の詩は、しばしば切断ないし分離によって始まる。それはなにげなく詩の最初に置かれている。つまり人称関係をめぐって詩が展開し始める最初のところで、この分離ということが起こるのだ。他者は外部にいてそのなかに自分の主観性を流し込むことができるようなものではない。分娩がそうであるように、分離され、切り離されることによって他者ははじまるのだ。《知らない女に、喉の皮を鋏の先でちょっと切られた》（「貨物」）《あなたはときどき／わたしの爪を切った》（「ある冬」）《わたしは、口のなかに／刃物があったことにきづく》（「いのち」）。散文集『三日間の石』の二つ目の文章「花の事故」は、携えていった花束がいつのまにか路上に落ちて車によって轢かれるという場面から始まる。

＊

もう一つの線について触れておかなければならない。私の直観にまちがいがなければ、杉本の詩のなかには一九八〇年代初頭『醜仮廬』『遺唐』のころの荒川洋治の言葉が響いていると思う。そしてその線は清水昶へ、そして石原吉郎へと延長できるはずだ。これは、それらの詩人たちの思想のあり方とは別のことであって、この場面で杉本は、私たちの父祖たちが抑圧してきたものを、それと知らずに、遺伝子的に受け継いでしまった娘、というような位置に置かれている。

私たちは現在の世界では「戦争」と「殺戮」とを厳密に区別しないわけにいかない。杉本がこれらの詩人たちの系列をたどっていたりつく恐怖の対象は「戦争」ではない。恐怖はいつも、「収容」と「殺戮」にむかっている。《だれもが／処刑台にあがるみたいに／首を垂れて乗車する／背後でひまわりが／一斉に／起きあがる》（「ひまわり」）《わたしは誰かのために／洗われるからだを持つ／ひたいに緑色のマジックで／数字を書きこまれ／ころされるための順番を待っていた》（「光の塔」）

形式としてならば、杉本の詩をさまざまな修辞的技法や、その延長上で考えることができる。《一枚のひと、ひとりの肉》（「川原」）は転置法であり、《撒かれる塩の味が／ざりざりと、かがやく赤身になればよい》（「坊主」）《水はいらないと、けだかく怒鳴る人よ》（「一センチ」）《ひとはふっくらと一人である》（「拍手」）は共感覚であり、ひとつの文中に別の主語が複数あったり、時間をしめす副詞の誤用――《逃げ出したそれは／いやいやをする首もなく／キュウという声を漏らしたので／浴室で抱くと、ふやけながらかつて子は流れた》（「狂い栗」）は破格構文法であり、《あなたはわたしを正確に誤射するだろう》（「しろい占い」）は撞着語法である。

詩はくまなく読解し解釈することができる。すくなくとも、そうしようと努力することができる。だがどこまで細密に理解し解釈したとしても、どうしてもそれによってはたどりつくことができない、何かその詩の非修辞性、いつわりのなさ、「ほんもの性」のようなものがある。読者は、杉本の詩のなかにそれがつねにともなっているのを感じる。そこではいつも太古の「身代わり」がリアルに回帰しているのだ。

《親がさ、／犯罪者だからおれはおれがこわくってしょうがねえんだ》（「FUKUSHIMA、イバルナ」）（親の世代が戦争詩を書いてしまったので、おれは何か別の形、たとえば意図的には反戦詩を書いてるつもりで実質的な戦争詩を書いているかもしれないことが、怖くってしょうがないんだ）。たとえばこれは、戦後詩が集合的に帯びてしまっている痕跡が、何世代にもわたって反復されていることの「身代わり」となって語られている部分だ。

＊

杉本の詩のなかには、いつも何か問責のような声が響いている。それは問責されているのか問責しているのかよくわからない。能動と受動の反転は深く肉に食い込んでいて、詩のなかには何か潜在性から突出してくるものの気配、別の場所から介入してくるものの気配、それらによって「割られるもの」の気配などが充満している。

しかも、起ころうとしているカタストローフに対する人称によるコントロールがやってくるのがとても遅いのだ。人称とそれによって作られる関係が、とても遅く、もう手遅れだというころになってやっと到着する。かと思うと、もうすでに立ち去っている。詩そのものは、人称関係がはじまる以前に終わりたいか、人称関係が終わった後に始まりたいと思っているのだ。

睡眠からの覚醒時と同じ順序——ひとつの地平が見えてくる。そこにはあらかじめ、立ち上がってくる劇の図がうっすらと書き込まれている。そこから顕在性の側へ、形態が徐々に立ち上がってくるようにしなければならない。時間と空間が生じ、感覚性が戻ってき、出来事が浮かび上がり、人称が可視的となり、性の区別が見分けられ、ついには関係が見えてくる。——《しじみ》かと思ったら《自分の目》の映像であった。味の「なさ」や《ざりり》という感覚性がやってきて、時間のなかに延びている《刑期》を思い起こさせる。《小便》の音がその向こうから聞こえ、その仕切られた《壁》までの空間が意識にやってくる。ようやく《桜をごらんよ》という関係的な出来事へ移ってゆくが、人称はこの順番のなかほどに、《おれ》として一瞬あらわれ、性別をちらりと示し、またすぐに姿を消してしまう。仕切りの向こうからは小便の音がするが、《手洗い》《汲み取り》《手水舎》《洗面所》……は、人が人称を排泄したり、またあらたに人称を着けなおしてそこから出てくる、特権的な空間である。そしてこの詩の全体は《便器にぶつけてあとかたもない》という、主語も目的語もない、能動なのか受動なのかもわからない一行によって終わる（「しじみ」）。

　とつぜんの消滅。それは杉本の詩のなかでしばしば起こることだ。それは削除なのではない。そこでは言葉が潜在性へ戻されて終わっているのである。《死にたえる顔まで、ここで見ている。》（「置物」）《どうぶつビスケットを腹にもどして消した。》（「どうぶつビスケット」）《都庁の裏、見渡す限りの野焼きなどない》（「野焼き」）。詩としては数十行が歴然と残っているのに、作品の全体が一気に潜在性の地平へ移されるのだ。

*

ナダロという由来のわからない言葉が、音として、眠ろうとしている枕元に響いてくる。それを聴いたとき、そこにはすでにひとつの劇の設定がうっすらと書き込まれている。それを彫り起こしてゆくと、劇はどんな姿であらわれてくるか。言葉が意味を特定できないということからして、それは固有名だろう。その音がどこから来たのか考えてゆくと《帽子屋》と《古びたピンボール店》の像があらわれてくる。ナダロというのは、その間にはさまれた小さな喫茶店の名である。店は老夫婦と息子とで切り盛りしていた。いちど入ってみようと思っていたが果たせないまま、潰れてしまった。その家族はその後一家心中したということである。——そう書かれているわけではないが、語と文の倒置と転置をならべなおせばそう理解できる。およそ転置も倒置も不可能な出来事が起こるのは次の行だ——《十年も経って、ようやくわたしの顔が息子に似てくる》（「ナダロ」）。

　一度も扉に触れたこともないその店の息子に、わたしの顔が似てくる——と書けば、それはきっと次のような解釈を引き寄せることになるだろう。一度も扉に触れたことさえない、というのはことさらな「否定」であって、その「否定」の蓋を開けてみれば、わたしは長いことその店に勤めていたのかもしれないし、その店の人たちと隠された血縁であったのかもしれないし、ことによると一家心中にすら巻き込まれかねない関係であったのかもしれない。「似てくる」というのは、同類のものであるということが、だんだんと潜在性から顕在性へとあがってくることだ。階段の途中で襲われるような、あるいは背後から怒鳴りつけられるような恐ろしい体験があって、それらの記憶の全体が否定され封印されてしまったのかもしれない。

二つの「割れること」が反復されている。階段の途中にかけられた絵はガラスで覆われているが、それが羽という「やわらかなもの」によって、撞着語法《オクシモロン》的に「割られる」。グリーンサラダを載せた皿が、とつぜんの問責によってとりおとされて「割られる」。羽やグリーンサラダはとつぜん獰猛なものへ変貌している。食べられるべきグリーンサラダは、わたしを食べるものに変貌している。たしかに「グリーンサラダ」は、主張の大きいカタカナ七文字と、安定と不動の「緑」によって、前もってその気配を、なんとなく漂わせていたのだが。

たいせつなのは「志向性」が先立って導いてゆくことだ。もしそれが主導権を失うと、「解答」という一義性へ向かっての解釈があらわれてくる。するとこれらの「割られる」こと、柔らかなものの獰猛なものへの変貌を、何らかの心的外傷という意味に向かって解釈しなければならなくなる。遡って「帽子屋」や「ピンボール」までそうしなければならなくなる。だがそれはとてもよくない解釈——「解答」へと向かう解釈である。もしそれをしたら、詩を「隠された事実」でできた世界へ向かって——つまり一義性の支配する世界に向かって——解釈してゆかなければならなくなるからだ。それは「志向性の先住権」を放棄することであって、いわば詩を殺すことである。

問責がつねに吹き寄せてくるのは詩が「内的」だからである。それは客観的対象世界を「外側」に残すことであって、「何を見ている?・」という問責はそこから訪れてきて、背後にあるものに向かって志向性を強制的に向けかえる。「否定」の蓋をあけて、おまえは「否定」するが、じつは……だ、と言う。「解答」を強制することが、詩に対する最大の暴力である。

この詩には断固たる主題があって、それは、一義的な「解答」を強制されることと闘う者として「おまえ」を最後に呼び出すことである。《いま知らない言葉に、食われるおまえは、誰だ》――「知らない言葉」こそが、冒頭に置かれて標題となっている「ナダロ」である。

こうしてこの詩は円環を描く。それはいつ破綻するかわからない緊張した円環である。この詩はなかほどで、《めまいのように降りる階段》と《水車》によって、つまり「螺旋」と永続する「回転」によって、そのことを――決して明示するのではなく――暗示している。

杉本の詩を読んで、これほど錯綜した構造を仕組んだ詩を、これまで見たことがないと私たちは思う。それは世界を覆うさまざまな客観性の支配に対する「内的なもの」の抵抗を、これほど決然としめすことのできた詩を、これまで私たちは持たなかった、という意味である。杉本真維子の詩はたしかに待たれていたのだと言えよう。私たちはたしかに、それを待っていたのだと思う。

(2024.4)

現象学と詩の通路

蜂飼耳

記憶が正しければ、杉本真維子さんと初めて会ったのは、二〇〇七年の秋、都内で開かれたあるイベントでのことだった。その日、杉本さんも私も詩の朗読をすることになっていた。杉本さんは静かに立っていた。朗読された詩は「世界」(『袖口の動物』所収)だったはずだ。互いに挨拶くらいはしたと思うけれど、会話の記憶はない。それよりも、淡々と読まれた詩の言葉が周囲に染み渡っていく印象のほうがはっきりと残っている。「わたしは一羽の/青いつるを折って/深夜のテーブルに置いていく」。それ以降も、「世界」が読まれる場面に何度か遭遇したので、おそらく、そのころ、作者の中で代表作という位置付けだったのだろう。「一枚の青い紙だけが/おぼえている」。少なめの言葉を、丁寧に置いていく感じが、杉本さんの印象として心に刻まれた。台風が過ぎた後だった。会場を出ると、吹き抜けていく風はまだ湿っていて、濡れた歩道のあちこちに、ちぎれた葉っぱがくっついていた。

二〇〇九年の秋、中国で開催された詩のフェスティバルへの参加メンバーとして、ともに旅をした。食事やバスで移動するときなど、何度か杉本さんの隣りに座る機会があって、ざっくばらんに話をしたが、朝から晩までかなりハードなスケジュールだったこともあり、いま振り返ると、その旅の中ではまとまった会話をほとんど出来なかったと思う。とはいえ、「現象学は詩と絶対に関係があると思って、大学に入り直して勉強するために会社を辞めた」というエピソードや「詩を書けるようになるまでは、と思って、ほとんど修行みたいな感じで、服装に構わず、ぼろぼろの服で会社に行っていた」という話などを聞いたことはよく覚えている。旅の途中、杉本さんは「面白いものを買った」と笑いながら、細くて長いものを取り出して見せてくれた。一瞬、何かわからなかった。よく見ると、それは竹のパーツを繋ぎ合わせて作られた蛇だった。カクッ、カクッ、と動く。バスの中で、杉本さんは竹の蛇で遊んでいた。そのうちに、疲れが出たのか、蛇をしまって、窓にもたれて眠った。

杉本さんの詩に「鶴子」という傑作がある。『皆神山』（二〇二三年）に収録された作品の中では「汀の蟹」とともに時期的に古く、発表されたのは二〇一一年だ。この詩がとても好きだったので、『裾花』（二〇一四年）が刊行されてしばらくたったころ、「鶴子」が入っていないことについて、どうしてなのかと訊いたことを覚えている。杉本さんは、ううん、と唸って「他の詩との関連や並べ方を考えると、うまく入らなかったから」と答えてくれた。この詩をめぐって、驚いた体験がある。二〇一二年のことだったと思う。台湾の詩人たちが来日し、イベントが開かれた。その際、杉本さんは「鶴子」を朗読したのだが、「ただしく、荒々しく、矯正しにいく」という詩句を「矯正しにいけ」と一部変更して読んだ。変更するつもりでそうした、というのではなく、読み進める途中でそうなっていく、というところを見せた。そして、強調するように、その箇所を繰り返した。発音した箇所から、まさにいま生まれる詩句であるかのように、声をふるわせながら、アドリブをまぜて朗読したのだった。聴いていて、強い衝撃を受けた。言葉が生まれる瞬間を見たと思ったのだ。そのように言葉が、人の口から出てくるのを見たことは先にも後にもない、そんな瞬間だった。感電したようだった。別の言い方をするなら、とんでもなく深いところから言葉を引っぱり出して書いていることが感じられたのだった。

「鶴子」は、言葉との関係を書いている詩だと受け取ることができるだろう。「鶴をつかまえて、手元に置いておけないという宣言があり、／抗議のペンを、腹に突き立てても救われぬおまえの、／怒りに濡れた四肢が、嬰児の舌を探して這っていく、／あるいは、／絶叫を土に埋め、いつか誰かが掘りおこした朝、／木の葉はいっせいに手のかたちとなって、／分娩室の嬰児の舌を、ただしく、荒々しく、矯正しにいく」。こうして書き写していても、ぞくぞくする。どこか恐いイメージもあるが、どの箇所もこれ以上ないほど鋭く切り立っていて、受け手を釘付けにする。これは単語のレベルにおいて強烈な語義を持つ言葉を使用することから来るのではない。そうした浅い次元ではなく、発語そのものを見つめ、そこに具体的な手応えを求めた先にこれらの語彙が出現して並んでいくといった過程が見て取れる。言葉との根源的な関係が書きつけられているのだ。その意味において、感動せずにはいられない。

　フッサールの現象学が詩作のヒントになったという実感について、杉本さんは繰り返し言及している。現象学と詩の間に、通路が感受されているのだ。実際には、作者にしかわからない点を含むとしても、どのような事柄を指しているかを思い描くことはできる。現象学的還元においては自然的態度への懐疑が前提とされる。主観というより、主観において生成しつつある認識への注目が問題となる。認識も感覚もこまかく割っていくと、どうなるか。杉本さんの詩は例外なくそこを掬い取ろうとしている。詩の驚きは、まず作者自身が感じた驚きにほかならない。言葉を通してそれに触れるとき、受け手においても驚きが生じる。詩を読む歓びの多くの部分はここに由来する。主観において生成する現象をこまかく割っていくとき、にわかに生じる驚きを、できるだけそのまま記載したいという本能的ともいえる欲求が、この詩人を貫き、詩作の烈しさに直面させる。受け手はいつでもその痕跡に触れ、何事かが確かに為されたことだけを知り、驚愕する。

侮辱され、
全うする、
木肌は赤身のようにかがやいて、
夜はひっそりとしじみの目を見つめた。

（「しじみ」部分）

蚊に襲われて縁側が怒りだし、
室内はいのししに備え、
食料を隠した。

（「室内」部分）

現象学的還元の考え方を拠り所とする方法は、ときにユーモアへと転じる詩句を生み出している。あらかじめユーモアを狙って書くというのではない。書かれた言葉、定着された詩句が、その烈しい身振りゆえにあたかもユーモアであるかのような言葉の手触りを発生させるのだ。

ナダロ、という名の喫茶店には
行ったことがないまま
潰れてしまった隣の
帽子屋と
古びたピンボール店がときどき
枕元で、ナダロ、と囁く

（「ナダロ」部分）

遊興のあとの、むなしさに、
荒れるははの横で
食べ物はくさり
焼き魚の、歯に、噛まれてわたしは
死んだことがある

（「遊興師」部分）

洗ったばかりの、墓が、興奮する
今さら、土など盛り上がらせ
けしかけられても
骨はいまも、無責任に
すべすべしているではないか

（「論争」部分）

ウエイトレスの落とした
シナモンの皮が
カサ、カサ、
近づいてくる
乾いてひろがり、うなだれた生き物が、
回転し、向きを変え、こちらに
むかってくる
（だれか…、だれか…）
救いの声は
わたしよりも先に
見知らぬ男女の唇ですでに
飽きられていた

（「生き物」部分）

こうしていくつかの詩句を部分的に引くだけでも、爛々とした目が言葉の中に開いていくようだ。そこで思い出す杉本さんの目がある。十年以上前になるが、焼酎を売りにしていた居酒屋で、話題が詩になった途端、杉本さんの両目がぎらりと光り始めたのを見たことがあるのだ。当時の杉本さんはくまモンが大好きで、そのグッズをいくつも持っていた。まるで鳥居を思わせる朱色のルージュがよく似合っていた。杉本さんがまだ新宿区に住んでいたころのことで、どこへ行くにも愛用の自転車に乗っていたようだった。自転車は、居酒屋にほど近いガードレールのそばに停められていた。杉本さんは、故郷の長野の伝統食としての昆虫食や、長野の産物として名高い林檎や栗のこと、善光寺に起きた異変のこと、寮で生活した短大時代のこと、金融機関に勤めていたころのこと、家の間取りというものに興味があることなどを話してくれた。もみじという猫のことや、御祖父さんの日本刀のこと、サチマという謎のお菓子のことなども話題となった。杉本さんの詩にすでに書かれたこともあれば、いつか詩になるのかもしれないと思えるエピソードもあった。詩についての意見をぽつり、ぽつりと語りながら、杉本さんは三種の焼酎が少量ずつ入っている利き酒セットをおいしそうに飲んでいた。帰りは当然、自転車には乗れない。ハンドルを握って、ふらふらと自転車を押しながら、ゆっくりと去って行った。その後ろ姿を私はしばらく見ていた。

杉本さんの格闘は詩への忠誠、詩に対する誠実さそのものだ。言葉というものは、精確さを目指せば目指すほど、どこか逸れていってしまったり、隙間を生んでしまうものでもあるが、それこそ生きている証でもあり、矛盾を抱えた人間という存在の在り方と重なる。それを前提とし、承知の上で、詩の精確さは詩人たちに夢見られている。杉本さんはそこに対し、正面からぶつかっていく。ぶつかることを避けないところに、詩の種がある。ときには、ぶつかったかと思うとそのまま透き通って対象に融け入ってしまう。杉本さんは、物事を直視する力と、詩をめぐる言葉の生成に直面する際に必要な忍耐力とを、極めて高いレベルで持っている詩人だと思う。同時代において、その詩の新鮮な力に触れることができる歓びは、私にとってほとんど奇跡に近い。杉本真維子さんの詩に驚かされるたびに、詩の言葉によって生かされるという事実を、私は繰り返し実感する。

（2024.4）

読者性の損壊と創造

阿部嘉昭

当時、現代詩の動向から離れていた私にとって、その最前線の富の発見へ導いたのが、のちに『袖口の動物』に収録される、杉本真維子の詩篇「笑う」（本書二八頁）だった。「朝日新聞」〇六年八月四日夕刊に掲載されたその詩篇を切り抜き、仕事用にしている食卓の端にテープで貼った。折につけ見返しても、新鮮で不思議な魅力が湧いてくる。難読詩篇なのになぜだろうと考え続けた。

　やがて杉本の詩集をもとめると、彼女の詩の骨法がみえてくる。理路がつかみにくい。構文としては複文。けれど行分けされたフレーズ中の複数の動詞主体が、いつの間にかずれこんでいる。形容詞や文の再帰構造など説明も省かれ、音韻が清潔に残酷に響いている。多くの詩篇は叩きつけられるようにも終わり、表現自体に羞恥が感じられる。欠落と誤接続と消滅予感。それは暗喩にも換喩にも該当しない独自の身体性を原資に負っている。晦渋を不敵に目指すのでもなく、フレーズの独立性が裸形のまま構成され、判らなさには見透しも利く。

詩篇「笑う」に関しては、彼女の詩に頻繁に出てくる語「川」が割愛されているのではと思い至った。伝説的なTVドラマ『白線流し』が契機だ。定時制と全日制で同じ机を共有する高校生男女がやがて相愛になる。そのドラマのハイライトが卒業式後の青春の訣別に、河原に集結した男子が学帽を廻る白線を、女子がセーラー服のリボンを川面に流す象徴儀式＝白線流しだった。ドラマでは舞台に松本深志高校が暗示された。杉本の生地・長野県は、ロマンチックな松本と、質実剛健な長野との覇権争いで知られる。詩篇「笑う」は松本から長野へと想像力が北上してゆく歩程を隠しているのではないか。

《白蛇のように流れた／くらやみの包帯について／かち鳴らす銀色の箆《へら》のような／うすく、清潔な悪いこころ》（一〜四行）。「白蛇」と「包帯」が複合して学帽の白線になる。主体は自らのロマンチシズムを葬るため松本の夜の川で孤独にも白線流しの模擬をする。しかし訣別には心中の箆を鳴らすような動悸が伴う。その心情が「うすく、清潔な悪い」ものと述懐されている。圧倒的なのは二行目の「について」。前置詞的な使用だが収まらない。けれど漢字に変換すれば「に就いて」以外の代用が利かない。この誤用めいたものが詩篇に、ねじれの厚みと秘匿と寡黙を作りあげている。《乱されるように均されて／手首からひらたく黙る》（五～六行）。ひとり白線流しを挙行した困惑。自らの真の不在化は自傷衝動の手首を無意味化する。「ひらたく」の挿入は自己に対して潔癖だ。一方で「乱されるように均されて」の矛盾撞着が図形化できない動揺を伝えてくる。

聯が変わって、《そのまま、いまは誰もなにも／わたしに映りこむな》（七～八行）。外界からの感覚刺戟の遮断だが、「視る」という動作の主体性がねじれ、経験したことのない自己疎外的な命法が顔を出している。《雨のしずくに閉じ込めた／逆さの文字だけを読みすすみ／いつか、出口のように割れてみせる》（九～十一行）。一聯で詩のトポスとして暗示されていた川がより明瞭化されるが（「逆さの文字＝ネオンの川面への反射」「出口＝河口」）、その後の成り行きからするとおそらく場所が変貌している。ネオンの殷賑をつうじ長野市中をゆく川に変化しているのではないか。松本からの一晩の彷徨。「読みすすみ」に時間継続がある。やがて勝手知った土地の閉塞が河口を幻想することで開放へと向かおうとする。しかもそれが自己誓約の文脈で起きているのだ。

《破片は朝のひかりに／なぜにんげんのくずのように掃かれるか／黒い背がいっしんに屈み／ばらばらの顔を丁寧に並べていくと笑う》（十二～十五行）。朝になる。「破片」は塵芥であり、主体の想念だろう。それが「にんげんのくず」と貶価される。「黒い背」は朝の清掃修行に励む善光寺の僧たちの衣を謂っているのではないか。それぞれの「ばらばら」な個性が同じ動作で一体化する可笑しさ。主体が最後に「笑う」のは、なにものかへの帰属の尊さを想起したためだろう。これが救済。

この詩篇は全十五行なのに直喩「ような」「ように」が五箇所も出現する。瑕疵と捉えかねられない事態だが、誤用は詩に本然的なものだ。直喩が列なることでむしろ語と感情の連結が薄らいでゆく。結果、語調の内省こそが滲んでくるのではないか。全体にわたる淡い表面張力も杉本全詩篇中の奇貨とすべきだろう。

詩の読者は文脈や感情を与えられるが、同時に現下に読む進むものの再構成をもしいられる。受動性、能動性の共存。ところが杉本詩は欠落をそのまま欠落にせよと自然体の読みを促す。それで読者性が損壊を受けるのだが、損壊こそが詩的逆転だという啓示もおこなう。文脈の補塡のみが杉本詩への態度ではないのだ。ただし詩集を追うに従い、親族儀式の日常性などが前面化してきて、場面想起における読者の協調性も活発化してくる。代わりに初期にあった主体の少女性が薄らいでいった。

『裾花』所収「集団」（本書五八頁）。親族知己が集まっての盂蘭盆の光景と読んだ。一聯、建物の屋上にこの世ならぬ異族集団がいる光景は、伝聞ののちの幻視が招いたものか。「視界の箍をはずすと」（三行目）という微妙な修辞が効いている。行数明示は省くが、集団は男女混合で鴉の臭いを発し、姿は木に似て、強風に髪を煽られるとむきだしの頭皮を覗かせる。死人たちの怨み節が感じられる。けして盂蘭盆で迎えられる死霊ではない。死者の座からも疎外された死者、そんな惨い幻影だ。

第一聯終わりの丸括弧内の「光」が、第二聯で「塩のしろさ」「骨」に転位しながら、屋内の盂蘭盆会の座が魔術のように現れてくる。死者への追悼が単なる酒の酌み交わしに堕し、当聯の結びは《くずとよばれた親戚の三男の／一番細い、骨だけがお守りになった》。夭折の事実も伝わるが、彼が盂蘭盆の真芯に位置するお守りなのだともされる。四聯の「赤ら顔の、腹巻」が発した三聯の《「一雄、／時雄、／屋上に集団がいるぞ」》が理路の混乱を投げかける。蓋然的な読みとしては二聯の三男に対して、呼びかけられたのが長兄「一雄」、次兄「時雄」のようなのだが、三男には名の明示がない。異族の蝟集する屋上に三男がいるかどうかも不分明のまま。この文脈の途絶が、鉤括弧内のことばの肉感、不意を衝く具体性のすばらしさと奇蹟的に相即している。

第四聯、「梔子の花」と「ない唇」の地口めいた交錯が、「赤ら顔の、腹巻」という、人へのあられもない形容とともに笑いをもたらす。こうしたユーモアも杉本ならではのもの。詩篇は「叔母の性」「血の話」に話柄が移ったと仄めかすが、これは加齢による閉経が男たちの不道徳な無遠慮により揶揄されたものか。それでも「体だけを労わる」。いたたまれなくなった詩の主体は最後の二行で《〔…〕給餌であることを厭う／者はつるされている》と一座からの孤絶の位置を示される。このとき「給餌」の語の斡旋が効果を挙げる。それは主体が給仕者であるとともに、一座の者が鳥の眷属でもある二重化を結果させているのではないか。この二重化が詩篇の要諦だった。第一聯とそれ以降の聯の空間の並立がそれだ。読みは遡行する。第一聯で主体は中座し、いっとき外へ出て庭先から屋上を見上げたのではないか。そう思わせる主体の半消去こそが、帰属の定かではない三男と共鳴している。主線から外れたそうした読みは、読まれるテクスト自体の損壊にも関連しているだろう。

非連続は文脈や時間空間だけではない。連辞の内実の本然なのではないか。フレーズはそのままに空白を孕み、その空白の力によってずれてゆく。空白は下手をすれば詩篇の全消去にまで拡大してしまう。たとえ非連続の連続にとどまったとしても、読者性は損壊という詩的体験を加味される。だが損壊は文字通りの否定的な意味には終始しない。創造の肯定性が付帯しているためだ。

『皆神山』所収「旗」（本書六七頁）。二聯までと最終の三聯とが非連続なのが、この詩篇の構造の要だ。別の場所へ行く移動性が杉本詩の骨法のひとつだが、詩の主体は長野市近郊を流れる裾花川のほとり、そこにある「あばら小屋」を目指している。その前、川原で「祖父のような流木」が「裂けて」いるのを見、あばら屋では焼き鮎を載せた炊き込み飯を味わおうとしている。アウトドア体験。その心情は、鹿のように「枯れ枝を角に」「跳び回る」昂揚と一旦は示されるようだが、はしゃぎぶりが得体のしれぬ何かからの怒りを買うおそれもある。これらを語る第一聯は行脚が短く運びが軽快とみえるが、叙述の順序が乱れていることで余白が修辞を侵食している。異相の到来が予感される。

それでも第二聯は耐える。平穏な流れ。そこに意図的な曖昧さが目論まれている。第二聯冒頭の二行《駆ける雪／逆さにささる動物の四肢》は、積雪への動物の逆さまの陥没を具体的に叙述しているのか、「鮎飯」のほか供されたものでおこなうバーベキューなどをしるしているのか。第二聯三〜四行《(だむだだむだ、故郷を漱ぐ、だむだだむだ、)》が奇怪。一読、堰堤の近在を予想させるが、同時に岡井隆の音韻的名吟《しりぞきてゆく幻の軍団は　ラムラム、ララム　だむだむララム》《いづこより凍れる雷のラムララム　だむだむララム　ラムララムラム》(『眼底紀行』)をも聯想させる。土地から湧く鼓動(「連打」)かもしれない。第二聯終結部《裾花の川の根を鳴らし／途上なら、／雪捨て場でこころを拾われ／数人でわけて食べていい、と／二度も言う》も理路が明確ではないが、川の上流にいる心理的優位が伝わる。「数人でわけて食べていい」のは自分たちが炊いた鮎飯のほか、同聯二行目の「動物」もふくまれているのか。

第三聯、所と時間が切断的に飛躍する。裾花川の大橋「長安橋」が出てくる。アウトドア体験からの車中帰途なのだろう。食により生き物と共生した体験は死者との共生へと飛び火する。第三聯終結部《〔…〕長安橋をいっしんに仰ぎ／それから、／荷台のうえ、がたごとと頭が揺れて／父母のまぼろしの／むつびを／生涯の旗に立てていく》。杉本詩全体への祝言のようだ。初出一覧によるとこの詩篇の初出は二〇一七年だが、「現代詩手帖」二四年三月号の「自筆年譜」によれば、杉本に深甚な落胆を与えた実父の他界は二〇一〇年(母君は現在も存命)。よって荷台で睦ぶ父母のうち父が幽冥にいて母がこの世の「まぼろし」、つまり両者の立脚が異なることになる。それを「生涯の旗」として「立てていく」詩的主体の述志は、幽明のおりなす二元性を自らの誇りとしているかのようだ。力づよい立言だが、それが詩篇の不安定な全体からこそ舞い込んでいる構造が、とりわけ催涙的だった。『皆神山』冒頭詩篇「しじみ」の、獄中体験をもつ男なら、構築的な時間の層のなかにすべて見事にしるされるが、「旗」では時間自体が別次元へと溶融している。

(2024.4)

静かなる反論

文月悠光

　原稿依頼をいただいてから、すっかり考えあぐねてしまった。杉本氏の詩に対して何を付け加えようと、全ての言葉が無粋に思えてしまうのだった。「詩人たちにとっての詩集」「詩のための詩が発生する現場に立つことができる」と蜂飼耳氏が表現する通り（「現象を捕獲し象る」、「現代詩手帖」二〇一二年六月号）、杉本氏の詩には、詩人の目指したい理想の一つが見事に結実しているからだ。

　それだけではなく、投稿時代に詩が入選するまでお買い物や贅沢を自分に禁じていたという逸話や、十年以上前に誰かから聞いた「杉本さんは詩を一編書くと手のひらの皮が一枚剝がれるらしい」といった伝説めいた噂も影響しているのかもしれない。もちろんこれは真偽不明なのだが、その噂に当時の若手が慄いたり、ときめいたりしていたことは恥ずかしながら事実である。

　二〇一四年に『裾花』を初めて読んだときのよろこびと衝撃は忘れがたい。改めて第一詩集から遡ってみれば、多くの詩人にとって「成長過程」となりがちな第二詩集ですら緩みを感じさせないことに驚く。そして最新詩集『皆神山』では、その詩語がさらに凄みを増して、独特の諧謔性を帯びている。長野県内の養蚕場に着想を得たという「かいこ伝説」は、語り手の意志などおかまいなしに蚕を自由にさせていて思わず笑ってしまった。「わたしは、にんげん、といいます／仲良くできますか」という語りが印象的な「えにし」など、人知を超えた存在や人ではないものの声を動員して、ふたつとない世界を作り上げている。

　中でも「肉屋」という詩が好きだ。「真夏、凍りつく肉屋の、店先で」店主が修行僧のように頭を剃っていて、冒頭から異様な雰囲気が漂う。「読経のように、目をとじる」語り手にとって、ここは寺や墓に近いような場所なのだろうか。「かつての肉片が／もういちど、日の光に晒されている」という一節に、どこかゆったりとした風通しの良さを感じる。かつて生きものだった頃のように、肉片は日の光など浴びている。しかし、詩の後半でそんな光景が一変する。

売りさばく部位を決め
買い物かごをゆすった
土手を運ばれる家畜の列が
だん、だん、と切られ、
これですか、と指差された

まるで直進する家畜の列に直接刃物が振り下ろされたような、大胆な表現に目を見張った。肉屋で自らの身体の一部を「売りさばく」という展開にも虚を衝かれる。最終行「やはり正確に、薬指がきえている」の「やはり正確に」という言葉には、特定の部位を狙った意志が滲んでいて、最後まで表現が周到だ。

すでに多くの人が高く評価している「しじみ」だが、この詩の「しじみ、と思ったら、／自分の目が映っていた、」という導入部の秀逸さは無視できない。味噌汁を飲むそれだけの瞬間が、「ざりり、」という音とともに濃密な時間として描かれ、ものすごい満足感だ。「侮辱され、／全うする、／木肌は赤身のようにかがやいて、夜はひっそりとしじみの目を見つめた」。そんな語り手の（まるでかんなで磨かれた木肌のような）精神性にうっとりしていると、最終連で「ふうん、と女たちは手をたたいて笑い、／便器にぶつけてあとかたもない」と来る。いきなり夢から起こされたような気分になる。詩語によって構築された濃密さや真理を、ぱっとかき消す手つきが鮮やかで、何が起きたのかと驚きながら、私はこの詩の終わりを何度も楽しんだ。

忘れがたい出来事がある。二〇一四年にBunkamura Box Galleryにて美術家と詩人がコラボレーションするイベントに出演し、杉本氏とご一緒したときのことだ。久米圭子氏の立体作品に寄せて、杉本氏は「ぐるべら」という詩（「現代詩手帖」二〇一四年七月号掲載）を朗読した。その直後の質疑応答で「ぐるべらって言葉の意味はなんですか。ぐるべらである理由は何か」と男性客に問われ、杉本氏はちょっと可哀想に感じるほど答えに窮されていた。やがて口を開くと、「自分でもわからない。

しかし「ぐるべら」の感覚は「ぐるべら」以外の言葉ではつかまえられない」。そのようなことをぽつりと仰っていた。教室で突然名指しされた生徒が、先生の弁に静かに反論しているような激しさを感じた。

杉本氏の詩が存在し、新たに書かれ続ける限り、この世界は私にとってより興味深いものになる。詩はまだ私を圧倒させてくれるのだと確かめられるから。それは一つの生きがいなのかもしれない。

（「現代詩手帖」二〇二四年三月号）

現代詩文庫　253　杉本真維子詩集

発行日　・　二〇二四年九月一日

著　者　・　杉本真維子

発行者　・　小田啓之

発行所　・　株式会社思潮社

〒一六二―〇八四二　東京都新宿区市谷砂土原町三―十五

電話〇三―五八〇五―七五〇一（営業）／〇三―三二六七―八一四一（編集）

印刷所　・　三報社印刷株式会社

製本所　・　三報社印刷株式会社

現代詩文庫

新刊

201 蜂飼耳詩集
202 岸田将幸詩集
203 中尾太一詩集
204 日和聡子詩集
205 田原詩集
206 三角みづ紀詩集
207 尾花仙朔詩集
208 田中佐知詩集
209 続続・高橋睦郎詩集
210 続続・新川和江詩集
211 続・岩田宏詩集
212 江代充詩集
213 貞久秀紀詩集
214 中上哲夫詩集
215 三井葉子詩集
216 平岡敏夫詩集
217 森崎和江詩集
218 境節詩集
219 田中郁子詩集
220 鈴木ユリイカ詩集
221 國峰照子詩集
222 小笠原鳥類詩集
223 水田宗子詩集
224 続・高良留美子詩集
225 有馬敲詩集
226 國井克彦詩集
227 暮尾淳詩集
228 山口眞理子詩集
229 田野倉康一詩集
230 広瀬大志詩集
231 近藤洋太詩集
232 渡辺玄英詩集
233 米屋猛詩集
234 原田勇男詩集
235 齋藤恵美子詩集
236 続・財部鳥子詩集
237 中田敬二詩集
238 三井喬子詩集
239 たかとう匡子詩集
240 和合亮一詩集
241 続・和合亮一詩集
242 続続・荒川洋治詩集
243 新国誠一詩集
244 松下育男詩集
245 佐々木安美詩集
246 松岡政則詩集
247 斎藤恵子詩集
248 福井桂子詩集
249 藤田晴央詩集
250 村田正夫詩集
251 有働薫詩集
252 時里二郎詩集
253 杉本真維子詩集